普及类古籍整理图书专项资助项目

# 金元明清词精选

严迪昌 编选

凤凰出版社

图书在版编目（CIP）数据

金元明清词精选 / 严迪昌编选. -- 南京 : 凤凰出版社, 2018.3
（名家视角丛书）
ISBN 978-7-5506-2721-5

Ⅰ. ①金… Ⅱ. ①严… Ⅲ. ①词(文学)－作品集－中国－金代②词(文学)－作品集－中国－元代③词(文学)－作品集－中国－明清时代 Ⅳ. ①I222.84

中国版本图书馆CIP数据核字(2018)第036199号

| | |
|---|---|
| 书　　名 | 金元明清词精选 |
| 编　　选 | 严迪昌 |
| 责任编辑 | 郭馨馨 |
| 装帧设计 | 徐　慧 |
| 出版发行 | 凤凰出版社(原江苏古籍出版社)<br>发行部电话025-83223462 |
| 出版社地址 | 南京市中央路165号,邮编:210009 |
| 出版社网址 | http://www.fhcbs.com |
| 照　　排 | 南京凯建图文制作有限公司 |
| 印　　刷 | 苏州市越洋印刷有限公司<br>苏州市吴中区南官渡路20号　邮编:215104 |
| 开　　本 | 850×1168毫米　1/32 |
| 印　　张 | 7.875 |
| 字　　数 | 169千字 |
| 版　　次 | 2018年3月第1版　2018年3月第1次印刷 |
| 标准书号 | ISBN 978-7-5506-2721-5 |
| 定　　价 | 42.00元 |

(本书凡印装错误可向承印厂调换,电话:0512-68180638)

# 前　言

同一事物对象，倘若价值取向不同，其作出的价值判断必然相异。怎样认识金、元、明、清四朝几近八百年间的词创作现象及其成就和价值，首先碰到的就是绳衡尺度，也即价值取向问题。

作为一种合乐的抒情诗体，词在两宋时期已是极其发展并臻于灿烂的高峰境地，这种辉煌态势的呈现当然又是与该文学体裁的功能被充分发挥是同步的。某种文学艺术样式的发萌、成熟、发展、绚烂，其实都是文化演进范畴中事，词在宋代构成其特有的黄金时期，同样不例外。关于宋代文化，当年陈寅恪先生在《邓广铭宋史职官志考证序》中曾有过一个精辟论断：“华夏民族之文化，历数千年之演进，造极于赵宋之世。”（《金明馆丛稿二编》第二四五页）

文化，特别是高层次形态的精神文化，其“造极”的表现首在对人、天两大命题的认识探究上。对“人”的研讨包括着史鉴的进一步被重视，而对“天”的认知则深入及有关的“道”的、事物规律的各式各样的论辩。至于人材选拔的科举制度的更新，乃是文化发展主体的“人”的才思的一次激活。这种制度在历时性演变过程中产生了无尽的弊端，那是后话。应该承认新的人材考试制度对“士”的结构组合以及心理深层的潜在促变的作用是巨大的，深远影响着中国近千年的“士”的人生观和人格价格准则，其中包括着儒家的“忠爱”观在新的历史条件下的酵化和育成。文化的“造极”，在精神领域内同时还表现在审美意识的高度嬗变、发展、丰富、精深；审美追求具体地深入到感官接受的各个方面的精益求精。于是，诸如文化艺术领域内诗、书、画兼精的“三绝”多面手涌现了，学者、文人之间沟渠更畅通了，至若文学范畴的诗、文、词俱擅者就更不胜枚数。尚处在新兴阶段而又视听审美功能兼具的词，在这样的文化大背景下获致迅捷发展并矗峙起高峰，正是历史的必然。

然而，高峰并非是断岭，历史的必然不等于历史终结。文化永远呈积累形态，而且一旦积淀后又成为精神投入而渗合进入的心态。所以，“造极”之势容或停滞以至落潮，已构成的文化积累绝不消失。何况，作为抒情之体的词，不管其合乐与否，到北宋时已无可更变地成为心灵载体之一种。载体，只是工具，只是运载手段。毋论其体式、声律、格调完备完美到怎样程度，它自身不会演进或消亡，载体的功能效态和审美力量发挥得如何，能否继续发挥？决定性的是人，是一切文化的创造主体。

由此而言，宋人将词的艺术效应发挥到造极地步，从某种意义讲，对后人既是财富，又是沉重的负荷。楷模的力量是无穷的，模式则是心灵的桎梏。但是，宋词的建树毕竟为这一抒情体完善了各方面的功能，而且标高了界点或者叫艺术审美的起点，能否充分利用这笔财产并加以丰富，全赖后人的智慧才力和心灵律动了。

词史证明，大致与北宋告终同时而始起的金、元、明、清四代八百年间词界才士们没有耗损这一特定的文化积累。虽有兴替起落之势，然而心灵运载之体的效能始终呈现强劲而多姿多彩。这与那个历史时期加于人们的辛酸和苦涩太多有关，而痛苦正是封建文学的催生剂，尤其在后期。

华夏民族的忧患历来深重。忧患意识在漫长的封建社会是儒家教化守持的忠爱观念的共生物。民族之间的军事冲突击溃了“夏夷大防”或忠爱的偶像时，忧患情怀无疑空前暴涨。“国家不幸诗家幸”这条残酷的法则不仅适用于词界，而且成为封建时代最后八百年词的历史的基本框架。从整体上看，浅斟低唱，作为赏心乐事的基调已被悲慨、惊悸、徬徨无依、离乱失所，以及种种莫可名状的牢愁哀思所取代。词的后半部历史的主旋律是当哭之长歌。

金国的词史与南宋词史似是对应，实际上有着巨大的时间差。当江南山柔水软之地一度相对晏安之际，金宣宗“贞祐南渡”已趋衰颓之势，迨哀宗天兴三年(1234)覆亡，下距南宋之迫降也早半个世纪。所以，金词大体上是在两重“忠爱”情心中构其始终的。初前阶段由南人留北所引发的类乎庾信型的哀唱启开金词的历史，吴激正是该群体的代表作者。曾几何时，在女真贵胄中涌现如完颜璹这样出色词人时，元好问的黍离麦秀之歌已旋踵即至。因而，《蕙风词话》卷三以周邦彦、吴文英与金国词家对应类比其异同，是游离具体时空缺乏可比前提之谈。

金词人无论前后期，对苏轼词风均甚为崇尚。究其原因是东坡清旷词心，特别是“心安”之旨，不啻是身处无可排解之境的一剂自救自娱药石。苏轼在那个时代的重大文化贡献之一，是用最浅显平易的语辞轻快地挑破一层障目之纸，让春蚕自茧式的忠爱人士突然洞穿命运的力量和人生的虚无。从本质上说，这当然很消极，但在离乱混浊的衰世或严酷黑暗的高压时代，“心安”自救，手把一盏，似确也平衡了不少倾斜的失落感和沉重的心灵，各种各类人物都能依之为逃渊薮。尽管失衡终究难以挽平，可是暂时的疗慰是有益的。淡化，是镇静药，时间慢慢会减退伤痛。镇静，才能著史，元遗山也是受益的一个，虽然他的悲慨沉雄之作为一代金词的压卷。

东坡词风不仅影响或者说润养着金词，同时也成为元朝词风构成的基石。元词初期作者本是南宋人氏和金国的遗子。蒙古武功强权统治，对各个层面上深受儒家教化的“士”说来，都会有一种空前的压抑感。苏轼词心和忠爱观念相调和，是激活元人“市隐”或山林之隐心态的一泓活泉。即使开国大臣刘秉忠以及稍后的刘敏中，亦不外有此种滋润于心。这与其说是风格宗尚，毋宁说是一种时代的集体选择，是心灵搏动中对词文化历史积累的充分运用。白朴、萨都剌，不同时期不同族籍的词人，在对时空变易、人事兴亡的感慨吟哦中，基本核心的感受也未脱去人生如梦的喟叹，当然各自体验有深化或加多。元人词中除却“酒”气外，还添增不少“丹”气，此乃心态的另一端极致变异。至于那些本属宗教讲义的韵语则不必栏入文学范畴。

明代按理说是重见“汉官仪”的王朝。然而朱元璋的杀戮异己和并非异己的酷烈，绝不亚于历史上称为异族的王朝统治者。其子若父，明成祖朱棣又狠杀一阵，东南人文元气戕害至甚。明词一开始就在哀鸣声中陷落，因为隐逸之风深为太祖所恶，词心无所适从。于是，俟城市经济复苏，市民文化渐兴，声色感官刺激之求带着病态之势推进。《花间》、《草堂》重又翻版，但雅俗相间，正邪并陈，词曲多淆。当然，实事求是说，明词未见总集，全貌也许不尽如此。唯晚期“云间”派拨乱反正之论，则当时似已有定见。“云间”词人陈子龙等力追五代北宋，以雅醇高浑为旨上接“天机元音”，标举“境由情生，辞随意启”，其前期成就仍多在以香草美人式形态抒写情爱，是一次词的初始功能的呼唤。而时世的颓波难挽，促动他们进而以情爱之形抒忠爱之情。只是留给他们的时间已不多，明王朝倾垮了。

清词素有“中兴”之誉。中兴不是回归，是词历经元明以来渐趋衰颓的一次重振。重振，不止是表现在数量的浩瀚上，主要是振起了词作为心灵载体的功能。举凡清初民族冲突，清廷“科场”、“通海”、“奏销”三大案对汉族士子的威劫，“文治”之绩如“鸿博”之征、“四库”之开以及剧烈的文字大狱等等引起的心涛波涌，在词中无不俱见。“阳羡”、“浙西”、“常州”词派的迭兴，是时世人心演化过程对词的表现形态的选择。“阳羡”词派的悲慨之气浓多，是新朝鼎定之初汉族士人心态的侧见；“浙西”的宗尚清空雅醇则是“盛世”时代潜在心绪的契合。到“常州”派以寄托为高境，重申“意内言外”之旨，乃是“今文经派”欲济救衰势之世的文化反应之一种。清词流派的走向，与盛衰之史同步。晚清外侮频仍，天国举义、“士”之神魂心绪或激荡、或愤懑、或凄苦、或迷茫，造就词史在殿末之期又晚霞一放，幽花重绽，终结之篇是颇斑斓的。值得添一句的是女性的某种程度的觉醒之唱，词这一载体很光荣地被择用。吴藻和顾春以自己的创作实践跻进陈维崧、朱彝尊、纳兰性德等等大家名家构成的行列，从而为词史亦即又一种心灵史续添了独异的一页，易安居士不再寂寞。

八百年词的发展历程及其价值，决难在这篇短文中说得清楚。词选与词史各自所承担的任务原不同，何况此选规模甚小，尤不足副史。只是选者在“品评”中时或结合具体作品略言一二，以与此短文互补。粗疏处祈请教正。

# 目　录

# 吴 激(约1085—1142)

字彦高,号东山,建州(今福建建瓯)人。吴栻之子,米芾之婿。宋钦宗靖康年间使金被留,命为翰林待制。金熙宗皇统二年(1142)出知深州(今属河北),到官三日卒。著有《东山集》,不传。工诗善书画,尤擅词,元遗山推为"国朝第一手",与蔡松年齐名,世称"吴蔡体"。其词多故国之慨,哀惋清朗,善化用前人成句而具深情。

## 人月圆

### 宴张侍御家有感①

南朝千古伤心事,犹唱后庭花。②旧时王谢,堂前燕子,飞向谁家? 恍然一梦,仙肌胜雪,宫髻堆鸦。③江州司马,青衫泪湿,同是天涯。

【注释】

①此词牌始见于北宋王诜所作,因词中有"人月圆时"句,取以为名。又因吴激此词有"青衫泪湿"句,故又名"青衫湿"。双调,四十八字,平韵。 ②后庭花:南朝陈后主初有自制曲名"玉树后庭花",后人指为亡国之音,杜牧诗有"商女不知亡国恨,隔江犹唱后庭花"句。唐时"后庭花"为教坊曲名,后词牌、曲牌中亦有此名。 ③宫髻堆鸦:宫妆发式高梳,乌黑如鸦羽色。状写发髻,暗示歌者身份。上句"肌胜雪"形容肌肤之美。

**【品评】**

深潜于心底的人事之痛，一旦在时空推移过程中重被特定媒介之人或事所触发时，最易滋蔓起人生如幻如梦之感，何况吴激怀抱的乃是故国沦丧、南人北仕的辛楚酸涩情思。所以，当其在张侍御家宴席间，骤遇“宫髻堆鸦”的佐酒佳人，而此女子据知却是“宋宗室”成员时（见刘祁《归潜志》卷八），那种红妆青衫，命运通同情状，怎能不激起殆如白居易《琵琶行》中所抒露的“同是天涯沦落人”的不胜俯仰悲怆之苦情？词中问旧时“王谢”堂前之燕：“飞向谁家？”是梦幻似的心态最集注之句，亦是一种严重的失落感的深沉抒述。己身的沦落，实是家国沦亡所致，故而词人的失落感究其基核言，原系悲凉之兴亡恨。而南朝最后那个亡国之君陈叔宝（后主）及其所谱的“后庭花”曲，自唐以来已作为一个历史符号并转化成诗词意象，指代亡国恨事，驭繁以简，可省却无数文字而意得于言外。吴激的高明处，不仅在于借取这一历史符号，而且翻用了诸如刘禹锡、白居易、杜牧等名篇成句。说是翻用，即非现成袭取，而是融入一己深情，化用其意。如“飞向谁家”之较比刘氏原诗“飞入寻常百姓家”，无疑别见新异，那种迷茫、怅然的抒情主体的心绪转益浓冽，从而重见旧宫姬时之“恍然一梦”的惊悸、颤栗以至哀颓情自也更切实可按。由此言之，刘从益所论很切要：“诗不宜用前人语，若夫乐章，则翦截古人语亦无害，但要能使用尔。如彦高《人月圆》，半是古人句，其思致含蓄甚远，不露圭角，不尤胜于宇文自作者哉。”（亦见《归潜志》）宇文虚中虽也称金国词坛作手，然其《念奴娇》同题之作，粗陋鄙俚诚难以与吴激可同日而语者。

## 诉衷情[①]

夜寒茅店不成眠，残月照吟鞭。[②]黄花细雨时候，催上渡头船。 鸥似雪，水如天，忆当年。[③]到家应是，童稚牵衣，笑我华颠。[④]

**【注释】**

①此词调按万树《词律》及《钦定词谱》应是《诉衷情令》。双调，四十四字，平韵，为正体，始见宋晏殊《珠玉词》。又名"一丝风"、"渔父家风"。 ②吟鞭：诗人惯用词，吟哦着挥动的马鞭。 ③鸥：水鸟，白羽为多，主要生活于沿海和南方内陆河川。 ④童稚：幼童。稚，齿稚嫩，指幼孩。华颠：头发花白。华，即花。

**【品评】**

吴激使金后被留，"老作北朝臣"（《满庭芳》词语），真是"写不尽、楚客多情"，思乡南返之愿日夜深啮其心。可悲哀的是他终究客死北地，乡情全成空梦。今存吴氏之词，全系留北后作，所以，绝无实际写归家乡之欢愉可能，有的只是想象的虚幻境界而已，想象得愈美好，与现实之反差愈严重，哀苦亦愈浓重。这阕《诉衷情》下片全属幻想之辞，乃以虚无之乐反跌实在之悲。倘真以为表现心中欢悦，则是大误会。误会之起，每轻忽"忆当年"之三字分句。白鸥似雪，水天一色，诚是家乡景观，但那是留存记忆中的当年欢愉怡悦的感受。现今陆程、水程行进的却是凄凉荒寒的北国之地，与其温馨的福建家乡的情景太过迥异。羁旅最易思乡，何况南人被留北，而且是特定历史背景下严酷的留居，所以，“催上渡头船”时，在濛濛秋雨中，神魂飞向了南国。词人在最后三句中运用心语寻思：此时我若是回家乡的话，儿童们将定然拍着手笑指我的满头花白之发了。这“华发”是乡心培壅而成的，真的有这一天“笑我”时，倒是大幸福，可叹者此乃空想也！据此，上片写失眠，写凄怆，景色寒凉。下片转以虚拟之笔，显现温馨，愈见强化“残月吟鞭”的怅惘心绪。吴激朗秀中出凄婉的风格于此毕现，运语又如此轻捷自然不着痕迹。

# 刘　著（约1085—1155）

字鹏南，号玉照老人，舒州皖城（今安徽潜山）人。原北宋徽宗政（和）宣（和）年间进士，入金，历官州县守令，年六十余始入翰林院任修撰，终于忻州（今山西沂县）刺史。工诗，与吴激时相唱和。

## 鹧鸪天①

雪照山城玉指寒，一声羌管怨楼间。②江南几度梅花发，人在天涯发已斑。　　星点点，月团团，倒流河汉入杯盘。③翰林风月三千首，寄与吴姬忍泪看。④

**【注释】**

①此词牌又名“千叶莲”、“半花桐”、“思佳客”、“思越人”、“骊歌一叠”等。双调，五十五字，平韵。宋人以下填此词，字句多同，无异体。　②羌管：羌笛，羌族所出乐器。羌，读若“枪”，古时北方民族。　③杯盘：指盛酒器，酒杯。　④“翰林”句：用欧阳修《赠王安石》成句。时刘著当供职翰林院，故云。风月：风花雪月，指诗作，有以“风月”之雅自饰苦心意。吴姬：江南佳女子。此处应作为意象泛指南方人士。忍泪：强忍住眼泪。

**【品评】**

在词史上，金代词人普遍表现有一种特定的地域空间的心态反差。这种反差既不同于江湖魏阙的形神不一，也不全是

"身在曹营心在汉"的离异心性表现。官照样做稳,心却时时流露不宁。史家和论客喜欢归类,于是,南北朝的庾信成为一种模式类型;而那时的当事人更可以庾信作为自慰、自谅甚而自拟的范本。其实,此中并非如此规格化、划一性。这种身在北地心想南国的现象,固然有儒家忠爱观念教化所导致的故国之思的反映,但在相当多数的人士中,应该是汉民族的文化传统构成的心理惯性发生躁动。所谓民族文化的传习心理,包括声色视听的审美习惯在内的一切生活习俗、文化氛围方面都会发生反弹性、不适应性。读金代词似应辨认及此。在《中州乐府》中包存了唯一一阕词的刘著提供了这方面辨认的对象物。所以这阕《鹧鸪天》除了在写法上有高明处,如下片"星点点"三句,不但长夜独饮的情景反差很清晰,笔调简洁有致,而且思路构想很奇警,"倒流河汉"句较之蔡松年的"醉魂应逐凌波梦,分付西风今夜凉"(亦《鹧鸪天》词语),岂止宏阔而已。他将南北共对的广袤空间全缩在杯酒中,醉魂真正能泯灭一切差距。然而此词的可读性更在于他写出一种普遍意义上的空间反差感,并具体地表现于文化习惯心理反应上。雪城羌管听来令人愁,江南梅花绝对不会轻易增华发。北地同样有"风月",可是总觉得不如南土"吴姬"那么萦人心魂。解读此词,说一个花甲老人在寄怀所恋的"吴姬",不免有点代古人多情,至于说刘著不忘赵宋,则太过浮泛,也不合其仕历际遇实情。

# 蔡松年（1107—1159）

字伯坚，晚号萧闲老人。其父蔡靖，于徽宗宣和末年守燕山，降金，授真定府（今河北正定）判官，松年时仅弱冠，遂为真定人。仕金屡官至右丞相，加仪同三司，封卫国公，卒谥文简。著有《萧闲公集》，词名《明秀集》。其词俊逸清旷，与吴激并称“吴蔡体”。

## 念奴娇

还都后诸公见追和赤壁词，用韵者凡六人，亦复重赋。①

《离骚》痛饮，笑人生佳处，能消何物？②夷甫当年成底事，空想嵓嵓玉壁。③五亩苍烟，一邱寒碧，岁晚忧风雪。④西州扶病，至今悲感前杰。⑤　我梦卜筑萧闲，觉来岩桂，十里幽香发。⑥磈磊胸中冰与炭，一酌春风都灭。⑦胜日神交，悠然得意，遗恨无毫发。⑧古今同致，永和徒记年月。⑨

**【注释】**

①此词牌有平仄两体，仄韵体始见《东坡词》，平韵体见之宋陈允平《日湖渔唱》。双调，一百字。又有“千秋岁”、“大江西上曲”、“大江东”、“大江东去”、“百字令”、“湘月”、“无俗念”、“酹江月”、“壶中天慢”、“庆长春”、“赤壁词”等二十二个异名。

重赋:蔡松年先有次东坡赤壁词韵一阕,兹再次韵作。　②“痛饮”句:用刘义庆《世说新语·任诞》语:“王孝伯言名士不必须奇才,但使常得无事,痛饮酒,熟读《离骚》,便可称名士。”此处作者意在“常得无事”上。饮酒读《骚》后世已成稳定意象,表示人生最快意,唯一能消解胸中积郁之举。　③夷甫:西晋王衍字夷甫。此人为空谈误国的典型。成底事:有什么用? 成什么事?《晋书·王衍传》载,西晋覆灭,当年位居宰相之王衍临终时说:“向若不祖尚浮虚,戮力以匡天下,犹可不至今日。”“嵓嵓”句:嵓嵓即岩岩。语出顾恺之《王夷甫画赞》:“夷甫天形瑰特,识者以为岩岩秀峙,壁立万仞。”　④寒碧:翠竹。此三句自写心态,比拟所忧者为晚年多祸患。魏道明注《明秀集》残本于此谓:“是时公方自忧,恐不为时之所容。”　⑤西州:城名,位于南京。东晋迁都建康(今南京),谢安抱病奉命守镇广陵,后舆归自此城门入。其友羊昙在谢氏卒后不走西州门,怕触绪伤心。　⑥萧闲:堂名,作者所筑别墅。　⑦魂磊:胸中不平之气的比拟。冰炭:不同器之喻,矛盾冲突,不安宁状。春风:指称酒。　⑧胜日:美好的日子。神交:未识面心仪、仰慕的朋友,可以是今人也可以是古人,此处指王羲之一流前贤。遗恨:憾事、恨事、忧心事。　⑨永和:东晋穆帝时年号。《兰亭序》起首即有“永和九年”的载述。又有“虽世殊事异,所以兴怀,其致一也”语。此处作者用后面语意否定前边纪年,为强化自己超越时空,进入神往境界的心态。

**【品评】**

心态的失衡,人各有异,所以同一借酒浇愁形态,内涵却各式各类。蔡松年词中处处酒味浓郁,他浇的不是乡愁、不是离怨,而是位尊名高的惊悸自危感。“岁晚忧风雪”五字是篇中之眼,神魂所注。蔡松年与吴激际遇、身世均不同,他虽本亦南人,然自少流寓北地,对金廷来说,他已是自己育化的汉族大吏，少了一层异己感。可是，宋、金对峙，民族争斗特质的阴影难以撩去，何况其晚年正值完颜亮大举南伐之时。蔡松年心知自己之被超擢高位，实际在起一只攻心战的棋子作用。敏慧的他既能想象南方的志士将怎样鄙视自己，而身边的同僚又会怎样地嫉恨不已，更不会健忘“兔死狗烹”的历史演义。所以，能“常得无事”是大幸，在他看来，当今之世，王衍和谢安，前者固不愿仿效，后者亦不能追武。词的深度即在这里，不加议论而潜于心底的意识借古人形象微妙地透见。蔡松年不特追求忘掉现实，更企待的是世人忘掉自己！他觉得“春风”的可爱，是可以暂时缓解太累的心神，然而这又恰好表明其所期待的原是非现实的幻境。于是晚岁的“风雪”之忧是将要伴随到被谥“文简”之时的。而篇末的神游佳境，神交晋贤，似多少渗有一丝不忘南方故国之意，王羲之《兰亭序》原非一味“清和”自怡之作。金代词人浓重表现出宗尚东坡的倾向，这是因为苏轼构架成一种“心安”的精神境界，至于对“人生如梦”的思考，更能疗慰处于离乱、复杂、难以排解、失去平衡心态的文人，成了一剂清凉药。当然，学苏有豪与旷之别，豪又或失之粗，旷亦易陷于空。蔡松年较多地得“旷”，唯其旷逸情中不无幽郁味，此乃时代际遇无法通同之故。东坡毕竟面对的只是党争所致的宦海浮沉，蔡松年则时际南北战伐，列土分茅之世。以此而言，金代词人之承继东坡风又复与南宋词人有别。南宋词人慷慨气足，悲愤情重，所以终于构成“稼轩风”；而金国词坛则幽郁意浓，每多旷朗其貌，而或则心魂紧裹，或则神思内束，凄怆哀凉被炼成淡淡一泓，游转于章句间。“吴蔡体”，从心灵载体析之，或可作如是观。

# 党怀英（1134—1211）

字世杰，号竹溪，原冯翊（今陕西大荔）籍，上世流寓山东泰安。金世宗大定十年（1170）进士，章宗时累擢至翰林学士承旨，卒谥文献。著有《竹溪集》，不传。词存见《中州乐府》，仅五阕。少与辛弃疾同学齐名，师事刘嵓老。性疏旷而多才，词风松秀劲挺。

## 鹧鸪天

云步凌波小凤钩，年年星汉踏清秋。[①] 只缘巧极稀相见，底用人间乞巧楼？[②]　　天外事，两悠悠。不应也作可怜愁！开帘放入窥窗月，且尽新凉睡美休。[③]

**【注释】**

①此两句写七夕织女渡银河会牛郎形状。云步凌波：凌虚而行如踏波，飘然仙姿。凤钩：形容女子纤足。年年：一年一度。星汉：指星河，即银河、天河。　②底用：何须，哪用得到。乞巧楼：指民俗每年七夕——农历七月初七夜，楼头焚香乞“巧”。此处作为意象，指代一种活动、举止。　③休：语助词，每用于句末，意为“罢了”、“算了”。如李清照《玉楼春》有“要来小酌便来休，未必明朝风不起”。

【品评】

“七夕”词经秦观《鹊桥仙》“金风玉露一相逢，便胜却人间无数”；“两情若是久长时，又岂在朝朝暮暮”之写以后，可说好意境已被道尽。后世尽管还是年年有人作，不时翻化视角，仍很难有新警之思。党怀英此词的切入点特见冷峭，从“巧”根本不必乞的角度，引展到一切为织女愁为织女苦的感情活动全属多事的与通常思维逆向的命题。他的深刻处于撇开一年一度相会这种现象，而提出一个所以导致不圆满的残缺事实的原因。文学家有按自己的感受和认识来阐释生活现象的义务和权利。词人在这里用平淡的语气揭示悲剧的构成正是在于其太“巧”、太灵慧多才了！封建的教规有“女子无才便是德”之说，那么有“才”将怎样呢？有才不自由！党怀英不可能对人类社会的特定阶段例如封建时代怎样在“异化”着人们的命题有超前的认知能力，但他朦胧感受到“有才不自由”的残忍性，而且男女都一样。他对“只缘巧极稀相见”的近乎武断的判别，合理性正来自他这个男儿的社会体验。所以，他以为人间“乞巧”，不但多余，而且是惹祸。不“才”方能自全，不“巧”而愚始称大智。词的“天外事”三句就是规劝人们不用去想入非非，作虚幻之祈求和祝愿，更无须为“凌波”之天人担忧，视野应转向人间，正视眼前。这是种很曲深的慨然之思。“且尽新凉睡美休”，与辛稼轩的“好个天凉晚来秋”的词心词境极相类。这一对少年同窗友，如今各处对立的境地，心底却都躁动不宁。从政治立场解释人的心绪，绝对达不到以简驭繁的效果。每个活生生的人，虽然运动于不同时空间，但他们都不可能拔起自己头发离开这块大地，而这块土地乃共处同一历史阶段，所以人生感受的哲理思辨每易异曲同工。

## 王庭筠（1156—1202）

宇子端，号黄华老人。盖州熊岳(今辽宁盖县)人。金世宗大定十六年(1176)进士，累官至翰林修撰。著有《王翰林文集》，词存见《中州乐府》。其人以识才善举荐著称，赵秉文等皆系其推誉引进者。词工小令，《蕙风词话》盛称之，以为具“幽峭之笔，绵邈之音”。

### 谒金门[①]

双喜鹊，几报归期浑错。[②]尽做旧愁都忘却，新愁何处著？[③]　　瘦雪一痕墙角，青子已妆残萼。[④]不道枝头无可落，东风犹作恶。[⑤]

**【注释】**

①此词牌原唐教坊曲名。双调，四十五字，仄韵。又名“醉花春”、“出塞”、“空相忆”、“花自落”、“垂杨碧”等。　②鹊：此鸟民间以为吉物，其鸣则有喜。浑：全。　③尽做：尽管把，即使把。　④瘦雪：形容梅花之落英。梅花白似雪，故云。瘦：瘦损零落。青子：梅子。残萼：残剩花萼。　⑤不道：真没想到。作恶：有意猛刮。

**【品评】**

“愁”的题材愈被写滥，也就愈不易着笔。好构思好句子前人已积累太多，所以没有新感受新构想，切莫凑趣。王庭筠是个丹青高手，尤以墨竹著名画史。画竹最重结构布白，以虚写实始扶疏有韵致，更讲究墨色，该淡处一痕足够，需浓时得用加一倍法。在金代词人中，他是个很讲技巧的作手，这技艺似得之一个画家的匠心功力。这首《谒金门》上下片两用加倍法。上片用退一步假设语，使新愁重叠向旧愁，愁更浓重。愁何分新旧？期望愈切，失望愈重。“几报归期”之“几”，数量全化为重量。一次误报之前，为旧愁，误报之后则加以新愁。盼归未归，以为即归而仍未见归，能不愈益浮想联翩：是遇祸了？是病了？是忘情了？是有新欢了？真正是“新愁何处著”！一次次误报，感情负荷怎承受得了？下片用意外句式，说想不到已是一片落英，“枝头无可落”时还要摧残如此。此类雪上加霜般的啮心之苦，表现得酷烈极了。是有意折磨？是有意冷落？是有意不归？是绝情？王庭筠将思归一方置入“瘦”、“残”的线条中，而那无形不见的一方则表现得狠、绝、硬、烈，统之于一个“恶”字。当然，这又全属思妇心理活动，形之于视觉观感。也许这全是误会，但愿是她想歪了，然而这无穷尽的朝不祥意念滑行，又岂不是其愁之深、思之痴的体现？况周颐所说的“幽峭”、“绵邈”，似止是从词境表现的思维活动中把握出来的美感。

## 赵秉文（1159—1232）

字周臣，晚号闲闲老人。磁州釜阳（今河北磁县）人。金世宗大定二十五年（1185）进士，累官礼部尚书，改翰林学士，封天水郡侯。著有《滏水集》。仕五朝、官六卿，称名臣，晚岁则目睹国势衰败，几将亡。诗词均得苏轼风格，旷放而时见萧飒，则心境使然。

### 青杏儿[①]

风雨替花愁。[②]风雨罢，花也应休。[③]劝君莫惜花前醉，今年花谢，明年花谢，白了人头。　　乘兴两三瓯。[④]拣溪山好处追游。[⑤]但教有酒身无事，有花也好，无花也好，选甚春秋。

**【注释】**

①此词牌即“摊破南乡子”。双调，六十二字，平韵。又名“似娘儿”、“庆灵椿”。“闲闲令”之名则因赵秉文有此词而得。　②此句意为风雨中替花愁，句式倒装。　③休：完了，凋落尽。　④瓯：瓦制盆盂，此处指大酒碗。读若“欧”。　⑤追游：追采风景，随逐而游。

**【品评】**

坦诚真率，就为人的品格言，无疑是种美的德性；而且由于这种美德共生出可信任感，所以特具群体的凝聚力。文学作品呢？真率坦诚地抒露人生感受，直率而深含机锋地陈述一己悟解，同样具有激活枯缩的情思，平衡失调的心境的审美意义。自从有陶潜，继之有苏轼出，广义的抒情诗领域，涌起一股自慰自救的清泉，相济着三闾大夫的沉沙"骚心"，拓开出另一架构的精神天地。如果从宏观角度思之，此类人生感受的广披教化，看似很衰飒消沉，在特定历史环境，它又何尝不是与集权政治呈离心逆向性？何尝不是貌合神离的持续积累行为。当然，这大抵是在并非自觉到此类意识状态中运行而进，实在说来这也系历史对王权统治的某种惩罚。赵秉文的《青杏儿》是上述积累链条中最称表白彻底的一个小环节；彻底，也是一种撼动力，彻底到令人发冷，倒会转化为别样的执着生活的热力。词全以疏快明朗的近乎口语的文字写出。风雨之摧残百花是必然的，愁也属常情，很正常很自然。问题在于：你愁白了头有何用？花就不谢了吗？所以，愁应该，但不必忘"我"地自戕。花开花落，原是不可逆转的事，惜花葬花却无须葬进自己生活的信念。谈蔡松年词时已说过"酒"的功能，赵秉文于此表现得特为真率。结篇处"有花也好，无花也好"云云，则是上片"劝君"句又深压一层，彻透之至。前人说此词"无复笔墨痕迹可寻"，正是因为他不矫饰地挥墨淋漓，如是想即如是说的美趣所致。

# 折元礼（约 1165—1221）

字安上，其父折定远侨居忻州（今山西忻县），遂占籍。金章宗明昌五年（1194）进士，官至延安（今属陕西）治中。金宣宗兴定五年（1221），蒙古木华黎军陷葭州（今陕西佳县），死于难。词见《中州乐府》。

## 望海潮

从军舟中作[1]

地雄河岳，疆分韩晋，潼关高压秦头。[2]山倚断霞，江吞绝壁，野烟萦带沧洲。[3]虎旆拥貔貅。[4]看阵云截岸，霜气横秋。[5]千雉严城，五更残角月如钩。[6]　西风晓入貂裘。恨儒冠误我，却羡兜鍪。[7]六郡少年，三明老将，贺兰烽火新收。[8]天外岳莲楼。[9]想断云横晓，谁识归舟？剩着黄金换酒，羯鼓醉《凉州》。[10]

【注释】

①此词牌始见宋柳永《乐章集》。双调，一百零七字。平韵。　②“地雄”三句描述潼关雄势。河岳：黄河、华山。韩晋：战国时三家分晋，分建韩、魏、赵国。韩晋指山西、河南接壤地域。　③萦带沧洲：缭绕映带河滨水洲。此平远视野中景观。　④虎旆：绣虎图案之大旗。旆，大旗，读若“配”。貔貅：熊罴之属，形容雄师威壮。读若“皮休”。　⑤阵云：密集军阵

如云涌。霜气：肃杀之气。前句写地面，后句写上空，均渲染氛围。 ⑥严城：戍卫严紧之地池。千雉：雉即雉堞，城上堆列如齿的掩护矮墙。 ⑦儒冠：指科举习文。用杜甫“儒冠多误身”句。犹如“天下糊涂识字始”之谓。兜鍪：盔胄。指代武事。 ⑧“六郡”句：用《汉书》语：“汉兴，六郡良家子，还给羽林、期门，以才力为官，名将多出焉。”六郡原指陇西、天水、安定、北地、上郡、西河，今西北陕甘地域。三明：东汉段纪明、皇甫威明、张然明称“凉州三明”。此处泛指名将。贺兰：山名，在宁夏中部。诗词中每指称塞边军事要冲、必争之山岭。 ⑨岳莲楼：在西岳华山，即指华山。 ⑩黄金换酒：《晋书·阮孚传》：“为散骑常侍，以金貂换酒”。羯鼓：古代羯族乐器名。凉州：今甘肃张掖、酒泉一带。

【品评】

“击剑吹箫两不成”，在古典诗词中每成一种怅楚失落感的意象表现，但大抵又只是文人狂诞，徒作豪语韵语而已，真正能“击剑吹箫”，文武兼事而亲临沙场者诚不多。当然，这也须时世际遇，主客观条件。唯其如此，折元礼这阕“从军”之作愈显出可贵来。尽管下片结末处不无意兴阑珊感，但那无非书生习气语，而且一个“想”字表明，乃是对战后生涯的自我设计。“谁识归舟”有寂寞味，倘若孤身只影退役，自然是“羯鼓醉凉州”最称惬意，悲凉中仍不失豪壮气。所以，这一阕真正称得上豪放之词，从潼关险势，河岳雄姿的地形、景观之写，到军容严城的勾勒，均雄劲笔健，氛围出神。有一种高、远、壮、阔的阳刚之气。那“五更残角月如钩”句的刚柔相济味，一钩弯月也在悲壮色调中令人感到“弯”得有劲。探其词心，上片虽似写景，实系“却羡兜鍪”之情的具体视听表现。作者之略无厌战情绪，正说明其投笔从戎，并不见悔。因而下片抒情之笔从骨子里看极少衰飒气。其时金国已转衰运，距覆亡于元蒙铁骑之时仅剩十几年，折元礼不是一味沉浸于哀叹心境，而是涌动起横秋霜气，仍以投身“武功”为立身之举，很具有北人豪迈气概。“言”既为心声，则能由之得其情性。清人袁枚论诗有“寸铁杀人”之喻，折氏传世仅此一阕，诚可以此四字移评之。

# 完颜玮（1172—1232）

原名寿孙，字仲宝，一字子瑜，号樗轩。金世宗完颜雍之孙，越王永功之长子。封密国公。著有诗词集《如庵小稿》已佚，赖《中州乐府》存词九首，大抵均佳，元好问《中州集》卷五有评语以为其乃“百年以来宗室中第一流人也”。

## 秦楼月[①]

寒仍暑，春来秋去无今古。无今古，梁台风月，汴堤烟雨。[②]　　水涵天影秋如许，夕阳低处征帆举。[③]征帆举，一行惊雁，数声柔橹。

**【注释】**

①此词牌即“忆秦娥”的异名。“忆秦娥”始自李白所作。双调，四十六字，三仄韵，一叠韵为正体。又名“子夜歌”、“玉交枝”、“花深深”、“碧云深”、“蓬莱阁”、“双荷叶”。　②梁台：汉代梁孝王所筑，台以复道连属诸营苑，在河南开封东南处，久废。汴堤：隋炀帝开之汴渠两堤，渠沟通运河，以便其南幸广陵。亦久堙。　③“水涵”句：谓水映天光，秋色一片。征帆举：远行之船张帆起航。

**【品评】**

历来征人羁旅情苦，无非苦于时空变迁和阻隔，以致人事移迁，所欢不再、所期难践、所愿落空。完颜玮作为金国的天潢贵裔，原不会有征人羁旅之感受，可是他已星生际衰世，金宣宗完颜珣南迁，其正值中年，他死后二年，金国亦覆亡。所以，离乱时世，完颜璹深有体味。然而，现实的人间世感知，在这位王公才人的心灵上却不是无力地导向低沉的哀伤，而是以他积累的丰厚的学识酵化为对人生宽广意义上的哲理思辨。所以，这阕《秦楼月》与其说是写羁旅征程之感，毋宁说是辨“天地一瞬间”的时空大“变”的必然规律。天地万物从大自然的时令节序，到繁华一时的梁台风月、汴堤烟雨，“无今古”！今即是古，古即是今，今古互为转化。后人所见之古，即现世之今，今人视野中之古，实即古人当时之今。上片从时空之永不消逝又永远在流逝，以表现人生本来很渺小很短暂。下片则从微观角度，写秋色悲人，征程苦人，然而征帆举处，离情别苦其实就在惊雁影里、柔橹声中消失流逝。征帆永远不会止举，离情永不会告终，雁去雁来，一橹又一橹，永无止境。既然永无止境，征帆举时之苦亦无非短暂一瞬间事耳！完颜璹的思辨，就其本旨言，诚然是悟解并叩动虚无之门，意在解脱心底之苦哀。他求的是大解脱，远较凄切惨淡心绪抒露为高，但也从另一端表明其感慨深重，正不易解脱。词的认识和审美意义还不止于作品本身，更在于令人惊叹汉文化熏陶力之巨大。以女真立国自金太祖完颜旻“收国”元年(1115)算起，到完颜璹出世，仅只过了半个世纪而已，完颜氏家族已涌现如此高度通晓并演绎汉文化的人材，民族间以汉文化为主体的融汇力，确是个文化探讨的重要命题。这不是历史的偶然现象，此后，蒙古族统治王朝以及“后金”即满清不是再次重现这样的景观吗？

# 元好问（1190—1257）

字裕之，号遗山，太原秀容（今山西忻县）人。少从郝天挺学，淹贯经史。金宣宗兴定五年（1221）进士，历官至行尚书省左司员外郎。金国亡，隐遁不仕，构“野史亭”，以故国文献自任。著有《遗山集》四十卷，并编成《中州集》十卷附《乐府》（词）一卷，金代诗词颇赖是得以传。自作词今存370余阕，元人郝经《祭遗山先生文》以为其“雅章之雅丽，情致之幽婉，足以追稼轩”，允称确评。

## 迈陂塘①

泰和中，大名民家小儿女，有以私情不如意赴水者，官为踪迹之，无见也。其后踏藕者得二尸水中，衣服仍可验，其事乃白。是岁，此陂荷花开无不并蒂者。沁水梁国用时为录事判官，为李用章内翰言如此。此曲乐府以“双蕖怨”命篇；“咀五色之灵芝，香生九窍，咽三清之瑞露，春动七情”，韩偓《香奁集》中自叙语。

问莲根、有丝多少？莲心知为谁苦？双花脉脉娇相向，只是旧家儿女。天已许。甚不教、白头生死鸳鸯浦！②夕阳无语。算谢客烟中，湘妃江上，未是断肠处。③

香奁梦，好在灵芝瑞露，人间俯仰今古。海枯石烂情缘在，幽恨不埋黄土。相思树。④流年度、无端又被西风误。兰舟少住。怕载酒重来，红衣半落，狼藉卧风雨。⑤

【注释】

①此词牌即“摸鱼儿”，唐教坊曲名。以双调一百十六字为正体，仄韵。摸鱼儿词牌又有：“摸鱼子”、“山鬼谣”、“安庆摸”、“陂塘柳”、“买陂塘”、“双蕖怨”诸名。泰和：金章宗第三个年号，共八年（1201—1208）。大名：府名，辖地今属河北。沁水：县名，在今山西南部，沁河中游。韩偓：晚唐诗人，字致尧，一字冬郎，号玉山樵人，以擅写艳情名世。 ②鸳鸯浦：词中用以指称情恋男女生死相依之自由空间，与湖南慈利之鸳鸯浦一类地名无涉。 ③谢客：东晋谢灵运小字客儿，人称“谢客”，其感时怀愤，每寄迹山林烟波以为宣泄。湘妃：舜之二妃娥皇、女英，闻舜野死苍梧，遂投湘江而殉，世以“湘妃”称之。 ④相思树：用《搜神记》所载韩凭夫妇坚贞殉情故事。何氏美，宋康王欲夺之，韩凭愤而自杀，妻何氏亦投台死。康王怒，不合之葬。未几，二冢各生大树一，根交地下，枝错于上，树端各栖鸳鸯一只，交颈哀鸣，故时人称之为“相思树”。 ⑤红衣：指代荷花。狼藉：凋落零乱状。

【品评】

在中国古典诗词的发展历程中，封建诗教严格制约着“情爱”之写，“思无邪”、“放郑声”之类教义严重地挫伤了此项题材的合理反映。元好问这阕“迈陂塘”置之特定诗史背景下，其哀婉深沉地为一双敢于私奔、悲壮殉情的小儿女谱一曲亦颂亦悼之歌，毋论就认识意义抑是审美意义言，均值得大书一笔。相形之下，那班充溢着酸腐的头巾气之文字，诚是何足道哉了！据吴庠《遗山乐府编年小笺》谓，此词系遗山于金宣宗贞祐四年（1216）作，时年词人二十七岁。从词情之缠绵悱恻、沉挚郁勃看，那种萦结心底的情怀，足证元遗山对人生甘辛已是有着深切感知。词一起首盘空旋转而来两个发问，最是惊心动魄，从而笼罩全篇缠绵又执拗的苦情，这也是最能把握该词调情韵的功力表现，辨味于辛稼轩同调词“更能消几番风雨”句，即能体察之。谁能回答“莲根有丝多少”？迹似无理之问，益显其积郁难解之痛；难答莲根丝有多少，是透见其苦的无可尽吐。“莲心知为谁苦”？则是亦实亦虚、摇曳多折之语。就物言之，莲心自苦，本无为谁之意；就事而言，痴儿女“化”为并蒂，莲心似因殉情所苦。可是，生不能共罗帐，死后得同根并蒂，“双花脉脉娇相向”，何尝不是虽苦犹甜？何尝不是一种心慰？共生同死终究较之虽生犹死的茕茕孑遗为不大苦！然而词人笔一转又复反诘：天既已许成全此情，“甚不教、白头生死鸳鸯浦”！这仰天长问，将无尽悲慨倾泻以出，对这对“旧家儿女”的深深伤悼情也推向极致，其远较谢客、湘妃之令人断肠之意自更不待言。此乃真正之控诉和严正之讼辞。词之下片，引韩偓语化用之作为换头，颂赞这对爱情种子实乃天地灵气所钟，虽则似梦过眼，然“海枯石烂”而仍震撼人世间，并蒂莲如同“相思树”，词人予以无比崇仰的褒赞。“流年度”以下则是由颂赞转为依恋留连：在并蒂莲前多留一回吧！时光易逝，佳景不再，抒情主体直接抒述着心灵之音，意在叮咛世人莫轻抛记忆，永念这人间之悲剧一幕。张炎《词源》曾以“模写情态，立意高远”八字评价此词及元好问另一阕同调“雁丘辞”，所论甚是，唯以回肠荡气，盘转多折言，“双蕖怨”实胜于“雁丘”一阕。

## 鹧鸪天

只近浮名不近情，且看不饮更何成？[①] 三杯渐觉纷华

**远，一斗都浇魂磊平[②]。　醒复醉，醉还醒，灵均憔悴可怜生。[③]《离骚》读杀浑无味，好个诗家阮步兵！[④]**

【注释】

①首句言世态之恶浊。浮名：虚名。情：情理。第二句言面对此样世态，除却买醉，还能做什么？　②纷华：尘世纷扰之浮华。远：《彊村业书》误作“近”，后诸本皆沿其误。魂磊：同“垒块”，指胸间积郁之不平气。　③灵均：屈原字灵均。生：诗词中一种语助词。　④杀：形容极致之辞，犹言“死”。读杀，意谓读死了。浑无味：全无味，愈读愈没味。阮步兵：晋阮籍曾任步兵校尉。

【品评】

当一个“问舍求田意未平”的志存济世的才士，猛然惊悸于自身已抛进绝不容许屈原式的清醒存在的人世黑谷时，其心灵的那种陆沉般的怆楚真也难以言喻能尽，追求与失落之间的反差实在太巨大了！元遗山不幸生逢其时地面对着一个黑暗的时代，心境深陷入上述绝谷，可是他却将味及的人生痛苦写了出来。清人赵翼曾以“国家不幸诗家幸”七字题赞《遗山集》，然而“幸”与“不幸”之间并非是必然的因果关联，更难画上个等号，需知此中还须有足够的才力作为酵化中介。元好问正是位才识非凡者，感知深沉而足能形之于笔端。这阕《鹧鸪天》初一读，无非借酒浇愁，谋求黑甜之酣梦的老话题，细一辨味，转觉别具某种惊竦之力度。这力度就在“醒复醉，醉还醒”六字上，具体地说即是他基于对现实的感受，进而择取屈原、阮籍作为对应观照，表现其无事言喻的悲慨。不要屈原的时代是无可挽救的世道，阮籍《咏怀》的岁月乃杀机四布之年代。“好个诗家阮步兵”，元遗山深深悟解善作“青白眼”的阮籍何以缄口醉饮，其醉实醒呵！这一悟解诚然是痛苦的，但却又是深刻之极的。所以，词的下片“醉醒”回环的表述，其基核正是一个“醒”，流溢着大悲苦的醒！以此倒卷全篇，词的“不饮更何成”表层现象的难掩愤激的抗争是显然的。这是满纸呼啸在封建长夜间的呐喊之声，是对“灵均憔悴”的世事的反讽式的严厉抨击。读古人诗词不能粗疏地一见“醉”即视为消沉，接触“愁”就判定无聊，这阕唱着“《离骚》读杀浑无味”的《鹧鸪天》不啻是一例力证。

## 李　治（1192—1279）

字仁卿，号敬斋，真定栾城（今属河北）人。金朝末期登进士第，知钧州（今河南禹县）。蒙古军陷州城，治流落山西。元至元二年（1265）以学士召，就职期月，辞归。著有《敬斋文集》。词附见于《遗山乐府》。

### 迈陂塘

和元遗山《雁邱》①

雁双双、正飞汾水，回头生死殊路。② 天长地久相思债，何似眼前俱去。摧劲羽。③ 倘万一幽冥，却有重逢处。④ 诗翁感遇。把江北江南，风嘹月唳，并付一丘土。⑤

仍为汝。小草幽兰丽句，声声字字酸楚。⑥ 拍江秋影今何在？⑦ 宰木欲迷堤树。⑧ 霜魂苦。算犹胜、王嫱青冢贞娘墓。⑨ 凭谁说与？叹鸟道长空，龙艘古渡，马耳泪如雨。⑩

**【注释】**

①元好问《迈陂塘》“雁邱词”序云：“泰和五年乙丑岁，赴试并州，道逢捕雁者云：‘今日获一雁，杀之矣。其脱网者悲鸣不能去，竟自投于地而死。’予因买得之，葬之汾水之上，累石为识，号曰雁邱。时同行者多为赋诗，予亦有《雁邱词》。旧所作无宫商，今改定之。”“泰和”是金章宗年号，乙丑是五年（1205），

时元好问方十六岁，金国国势亦未衰落，正是南宋开禧“北伐”大溃之际。“今改定之”，则已是金国覆亡后事。 ②汾水：山西地域河流，发源宁武县管涔山，由荣河县入黄河。此河雁群南飞北归多有。殊路：异途。回头：回头间，转眼。 ③摧劲羽：即自投地死，摧动劲急羽翅。 ④“倘万一”句：揣摩大雁心思语。倘：或许。幽冥：冥冥间。黄泉路上。 ⑤风嘹月唳：指大雁哀鸣于凄风苦月之夜。 ⑥“小草幽兰”句：指元遗山原唱。元氏词有“横汾路，寂寞当年箫鼓，荒烟依旧平楚。招魂楚些何嗟及，山鬼暗啼风雨”等句。 ⑦拍江秋影：指雁、雁影。杜牧有“江涵秋影雁初飞”句。 ⑧宰木：墓上所植之树。“欲迷”云云，正暗示其多。 ⑨王嫱：昭君名嫱。其墓在今内蒙古自治区呼和浩特市郊。据文献载：边地草多白，唯昭君墓独青。贞娘墓：在苏州虎丘。贞娘：吴国佳丽。 ⑩鸟道：本形容险峻之山道，此处即指雁群飞行通道。“龙艘”句：指汾河渡口。龙艘有兼意，暗示御驾所乘仓惶出逃状。“马耳”句：借苏轼《雪后书北台壁》诗句：“试扫北台看马耳，未随埋没有双尖”。双尖，指山东诸城马耳山的双峰尖挺。此处形容雁邱，从远处看成双尖似马耳，回应句首“雁双双”。泪如雨：是词人泪涌，亦雁魂哭泣。

**【品评】**

如果说元遗山“问莲根、有丝多少”那阕《迈陂塘》是专重情爱之写的话，那么，“问世间、情是何物”的“雁邱”之作则是沉慨无比的借“雁”之忠贞不二寓一己的忠爱之情。当时和唱此题调的人有好些，唯李治最得遗山词心。从杨果的《摸鱼儿·同遗山赋雁丘》词看，原先确系写“相思苦”、写“有情多被无情误”之类主题。“同赋”是同的早期初稿，李治“和韵”则和的乃“今改定之”后的定稿。文学作品原是心灵之载体，诗若词则舍心灵之写必成文字应酬以至游戏。故真正作手总是善体心声者。

此词之所以成为传世之作，并非凭借元遗山之大名而附丽，而关键在其敏于感悟，贴切“物”与人之心。和韵之作最易成为附庸，受原作掣肘，难展己情。李治却先帖妥“雁”之“何似眼前俱去”之情，切题运笔，不至于虚浮其意，予人突兀生硬感。有此“雁”之痴痴忠贞，就能深探“诗翁感遇”之心。下片之“仍为汝”固已将原唱“改定”之旨揭出，然更精警的是最易使人轻轻放过的“宰木欲迷堤树”六字句。“宰木”已能迷遮堤岸之树，一从时间感上展示了长度，这已非“泰和五年乙丑岁”之时与事；二从数量感上暗示出“霜魂苦”的岂止是“雁双双”？于是“凭谁说与”的酸楚吟心所系的家国兴亡恨，那“小草幽兰丽句”原是“国殇”之唱的本心全被披露。“霜魂苦”者是大雁之魂苦，更是遗山诗翁之心苦，而李治的共识共振之心音自然亦和声其中。暗示，是种高超的艺术手段，太黏了不暗已示，太脱了又易坠入“世无郑笺”的误区。倘若没有“宰木”六字句，“拍江秋影”与篇末“龙艘古渡”势必接榫太虚，足见此过渡而语兼两层意的句法诚是精思得来。

# 萧汉杰

字吟所。生卒不详。或以为籍贯江西吉水,元好问赠诗则称“汉杰,大兴人(今北京)”。系一军官。

## 浪淘沙

### 中秋雨

愁似晚天云,醉亦无凭。秋光此夕属何人?贫得今年无月看,留滞江城。　　夜起候檐声,似雨还晴。旧家谁信此时情。惟有桂香时入梦,勾引诗成。

**【品评】**

这是一阕写相思情的奇妙之词。说其奇妙,奇在以率直语见大含蓄,妙于写痴情而无小儿女态。得其奇趣,妙味亦辨。作者取题“中秋雨”,意在怨有此雨,雨则月不见,月不见,无疑连“千里共婵娟”那样一点虚幻的自慰感也被销蚀掉,“贫得今年无月看”,他确实在感情生活上一贫如洗,大白话却是沉痛语。于是,他的“留滞江城”真是道地的孤身只影!下片“夜起候檐声”是不甘愿于“贫”的痴情的加倍写法。此句反跌出上片首两句的“愁”和“醉”的意蕴,显得那全不是泛泛言愁和借酒浇愁,愁从痴情被阻隔而来。“旧家”句是哀苦于他仍依恋的人不会理解他心灵的渴贫、枯寂。此时此境,除了梦中的“桂香”之幻觉以及几篇实在的诗作外,他还有什么可依托这颗破碎的心?月,中秋之月,在此词中被用以作为遥传痴情的中介载体,而又不直说；但是又不曲写，吐的是一句令人新奇的大众化语“贫得今年无月看”。这应该名符其实算得上是运笔构思全皆平中出奇。对“贫”字的使用，《蕙风词话》说：“萧吟所《浪淘沙·中秋雨》词云：‘贫得……’‘贫’字入词夥矣，未有更新于此者。无月非贫者所独，即亦何加于贫，所谓愈无理愈佳。词中固有此一境。唯此等句以肆口而成为佳，若有意为之则纤矣。”况周颐此论，说“贫”字用得“未有更新于此者”，诚是有识。但后面“无月非贫者所独”云云，则凿矣，于词情未尽体味而隔膜之故也。他是敲实地将“贫”解作贫穷，经济生活意义的贫穷！对前人的诗话词话之作，不必尽信从，即使是名家手笔，此又可为一例证。这首词还有个小小称奇处，即“桂香时入梦”，此即所谓“通感”之一种。其所“通”者，还不只是视听、肤觉、味觉等色相的官感间之“感”，而是“通”及大脑皮层的活动中，嗅觉与梦幻相沟通，进而激活起灵感。此可谓虚实、真幻间的混合“通感”。在元词人中，萧汉杰是个无名之辈，可他却留下一篇极不平凡的作品，意外得发人深思。

# 刘秉忠（1216—1274）

初名侃，又名子聪，字仲晦，号藏春散人。邢州（今河北邢台）人。早年一度为僧，后随海云禅师入见忽必烈，遂留藩邸，旋从征云南大理。至元初年，拜太保，参领中书省事，为元朝开国定制勋臣，卒谥文贞。学识渊博，情性平和。词集名《藏海乐府》，风格清疏真挚，自然平易。

## 南乡子[1]

夜户喜凉飔，秋入关山暑气消。[2]勾引客情缘底物？鹪鹩，落日凄清叫树梢。[3]　古寺漏长宵，[4]一点青灯照寂寥。暮雨夜深犹未住，芭蕉，残叶萧疏不奈敲。[5]

**【注释】**

①此词牌原唐教坊曲名。有单调、双调两体。双调始自冯延巳词，后人所作字数有添有减。双调，五十六字，平韵，为常体。又名“好离乡”、“蕉叶怨”。　②凉飔：凉风，指秋风爽凉，初秋情影。　③鹪鹩：鸟名，形似黄雀而小。晋张华有《鹪鹩赋》，《文选》注谓此鸟“生于蒿莱之间，长于藩篱之下，翔集寻常之内，而生生之理足矣”；“巢林不过一枝，每易不过数粒，栖无所滞，游无所盘”。　④漏：古代计时器称“滴漏”，刻度滴水于壶以计时。此句意为长夜听漏声不寐。　⑤萧疏：萧条稀疏。不奈：即不耐，不堪。

**【品评】**

此词当系刘秉忠未达时栖身禅门间所作。词从首句之“喜”字起，全写静中自省自辨之心理活动：既力求委命顺理地空明无欲，又难去尘缘未净的哀乐“著相”。这是切实的情怀观照，透明如水晶。如无人世间悲欢情缘，六根清净，刘氏怎会返初服入仕新元，为辅政大臣？倘若没有鸱鸮般的“与物无患”情志，同样也不可能力谏元主以无妄杀为尚。如此说来，刘秉忠是人格统一的，从两个方面聚焦于“济众生”之心，他不虚伪自饰。所以，后来他在《木兰花慢·混一后赋》一阕中吟唱“汉鼎初成，唐基始建，生物如春”，“天君几时挥手，倒银河，直下洗嚣尘”，不是一般的谀颂语言，是“江山憔悴醒人”的真实心愿。而这阕《南乡子》正是“醒人”伴青灯的心态抒露，此中有自处知足的认知，有民胞物与的忧患；得心明自爽之趣，又具怅然若失之味，心绪既若茧缚，却又吐丝层叠透明。他的情思，剪未断，但也理不乱。元人词从整体上看，疏朗明快少密涩，不免粗浅，却少虚浮雕饰。刘秉忠词能得清疏松秀之长，较少粗放鲠直之弊，在元初词人中堪称高手。

# 白　朴（1226—1306）

字太素，号兰谷；初名恒，字仁甫。祖籍隩州（今山西河曲），生于河南开封，后定居真定（今河北正定）。父白华仕金为枢密院判，朴七岁值蒙古军陷汴城，父奔南宋，母被掳，遂寄养于元好问。八年后，父北归，卜居真定。南宋亡，迁居建康（今江苏南京），八十一岁尚在世。以杂剧名世，称“元曲四大家”之一。词亦清隽俊拔，有《天籁集》。

## 夺锦标

夺锦标曲，不知始自何时，世所传者，唯僧仲殊一篇而已。予每浩歌，寻绎音节，因欲效颦，恨未得佳趣耳。庚辰卜居建康，暇日访古，采陈后主张贵妃事，以成素志。按后主既脱景阳井之厄，隋元帅府长史高颎竟就戮丽华于青溪。后人哀之，其地立小祠，祠中塑二女郎，次则孔贵嫔也。今遗构荒凉，庙貌亦不存矣。感叹之余，作乐府青溪怨。①

霜水明秋，霞天送晚，画出江南江北。满目山围故国，三阁余香，六朝陈迹。②有《庭花》遗谱，弄哀音、令人嗟惜。③想当时、天子无愁，自古佳人难得。④　惆怅龙沈宫井、石上啼痕，犹点胭脂红湿。⑤去去天荒地老，流水无情，落花狼藉。⑥恨青溪留在，渺重城、烟波空碧。⑦对西风、谁与招魂，梦里行云消息。⑧

**【注释】**

①此词牌现以白朴此阕及张埜所作为最早见，仲殊一篇已佚。双调，一百零八字，仄韵。张埜词下片首句入韵，或以为正体，白朴所作少此一韵。又名“清溪怨”、“锦标归”。僧仲殊：名挥，俗姓张。湖北安陆人，尝举进士。为僧后居杭州宝月寺，徽宗崇宁年间自缢死。有《宝月集》词七卷，不传。与苏轼等友善。庚辰：元世祖至元十七年(1280)，白朴时年五十五岁。陈后主：陈叔宝，陈朝亡国之君，建康破，与张贵妃等躲入景阳井，即世称胭脂井者。小祠：明清人称“青溪小姑祠”，位建康城东北。　②三阁：陈后主所起“临春”、“结绮”、“望仙”三阁，见《南史·后妃传》。陈迹：旧迹。　③庭花：即《后庭花》曲。　④无愁：北齐幼主曾为“无愁”之曲，此借喻陈叔宝竟不愁国破，只知恬嬉荒淫。　⑤此三句即谓后主入景阳井事。　⑥去去：遥远，渺茫。天荒地老：永久。盟词用去。原作“天老地荒”，移置其字，为调平仄。狼藉：凋残散乱貌。　⑦重城：严城，从军事意义上言重戍之城，此指“台城”，烟波空碧：形容台城外之玄武湖。　⑧结句谓一切皆事过境迁，如空梦，如幻云，无迹可寻。

**【品评】**

历来咏陈后主、张丽华史事，或谴责荒淫，或借以哀伤社稷之倾，或影射韩擒虎辈悍狠，甚而不无轻薄佻冶，作非非想语。白朴却从女子的不幸角度，深致悼情。张丽华是无辜的，她生前只是帝王宠物，国破后则彻底成为牺牲品，似乎误国祸水尽属女性。词的上片写六朝形胜地，思与史接，“《庭花》遗谱”、“天子无愁”，责在后主，白朴的史观很清晰。“自古佳人难得”既嘲讽了陈叔宝的“爱美人”不顾江山，又已表示了对张丽华的同情。女子之成为“佳人”，是天赋丽质，焉有罪过，君王以为如此“佳人难得”，她们是无条件地置于被动的占有物，再也明白不过的事。故下片紧承以“石上啼痕”，“胭脂红湿”之写，凄哀幽丽之句，慨叹红颜命苦，词人的情绪流向益显见。什么“天荒地老”？全属空话，张丽华首先殒命成了替罪羊。“后人哀之”，是一种历史公道，白朴正站在公道一边。元代几个大戏剧家均具有同情弱者，为女性的不幸际遇和深重灾难鸣不平。如果只从社会阶层的区分角度谈市民文化意识，似不足以抉示或概括本质。这应该是普遍意义上的对封建文化的逆向思考和辨认的意识觉醒。尽管是朦胧的，但战乱和统治权的民族性更替，促迫了这种觉醒行程。而对女性命运的思辨，从“化蝶”、“连枝”的模式中脱出，强化悲剧性的色调，无疑是一个演进环节。这阕词提供了很有价值的参照。词的艺术功力，表征着白朴获得有北地和南国两地域词风的交融特性，哀婉而清疏，峭拔又兼具绵丽。情辞熨帖，工稳能不涩滞，流丽中呈风骨。所以元词后来出现曲、词相淆现象，别有文化基因，与白朴等无涉。

## 张伯淳（1242—1302）

字师道，崇德（今浙江桐乡）人。元世祖至元二十三年（1286）以荐除杭州路教授。成宗大德年间官至翰林侍讲学士。著有《养蒙集》。词多寿祝酬赠，萧散衰飒处则为元人词常见。唯时有生新语，率真情，转较陈熟之风气为优。

### 木兰花慢

赠弹琵琶者[①]

爱当垆年少，将雅调，寄幽情。[②]尽百喙春和，群喧夜寂，老凤孤鸣；[③]都来四条弦里，有无穷、旧谱与新声。写出天然律吕，扫空眼底秦筝。[④]　　落红天气暖犹轻，洗耳为渠听。[⑤]想关塞风寒，浔阳月色，似醉还醒。[⑥]轩窗静来偏好，到曲终、怀抱转分明。[⑦]相见今朝何处，语溪乍雨初晴。[⑧]

**【注释】**

①此词牌始见于柳永《乐章集》。双调，一百零一字，平韵，为正格。张伯淳此阕依宋人程垓体，下片首句七字连，无短韵二字句。　②当垆：古时垒土为垆，安放酒瓮，卖酒者坐于垆边称“当垆”。有卓文君当垆故事后，此意象成为歌女等风尘女子指代辞。　③百喙：百鸟。喙：鸟嘴，引申为鸣声。读若“会”。老凤：李商隐诗有“雏凤声比老凤清”句。　④律吕：六律、六

吕，合称十二律，泛指音律声调。秦筝：古时弦乐器之一种。相传秦时蒙恬改制，故称。此处指北方乐调。 ⑤落红：落花。轻：轻寒。此句即乍暖乍寒天气之意。渠：第三人称，他，她。 ⑥“关塞”句：指“阳关三叠”一类曲调。“浔阳”句：用白居易《琵琶行》诗意。 ⑦轩窗：轩敞明朗的窗前。 ⑧语溪：在浙江崇德县东南，全称“语儿溪”，又名“沙渚塘”，下入运河。春秋时为吴国驻军处。

【品评】

在南宋初亡不久，名词人刘辰翁在《柳梢青》一阕“春感”中，唱出了“笛里番腔，街头戏鼓，不是歌声”的愤情，典型地从民族的文化审美差异角度，抒述着亡国之痛。张伯淳只比刘辰翁小十岁，迟五年卒，基本上属于同代人。所以，尽管他在宋亡后不到十年出任教官之职，心态却不易很快平衡，这阕“赠弹琵琶者”即属曲传此种心态之作。从末句“语溪”地点的指明看，词或写于未仕前。如果没有“扫空”和“洗耳”字样，对“幽情”、对“老凤孤鸣”、对“旧谱与新声”、以及“怀抱转分明”云云，很难把握底蕴。“洗耳”一词无疑翻用许由洗耳不愿听现实政权事，持不合作心态的典。张伯淳借题发挥，以赞称琵琶女“天然律吕”为名，丑诋了一番“秦筝”，其意甚明。即使不谈儒家“忠爱”观念，如已在谈刘著《鹧鸪天》词时提到的，那种民族传统文化心理绝非短时期里能平顺下去，汉民族的强大的甚至是顽强的文化积累造就的那股对外民族习俗的反弹性，无数次被证明是不可逆转的，最终一定是经历由不协调到渐相适应、进而融汇、最终覆被汉文化的主体性所认同、合一的过程。何谓“天然律吕”，即在当时来说的异于“番腔”的南音。作者是浙西嘉兴地区人，那是吴侬软语听惯了的，有此心态并借此抒“幽怀”，并沉浸在“似醉还醒”的境界中，全很正常。读此词，又能感觉到元初词人本非不能承续南宋中晚期姜夔、张炎以及吴文英的风格，他们开始渐变为粗放，情致颓唐，词笔疏野以致草率，大抵是心态失重后所导致。幽情细写已无氛围和心境，不要说“小舫携歌，晚花行乐”潇洒雅兴略无，那种满耳“羌笛”、“番鼓”的声响已够他们刺激得心烦意乱的。这首词表现的视琵琶手为知音，毫无通常写“当垆”女的雅冶、纤佻味，很有点白乐天浔阳江头的情韵，但意理则已全然不同了。

# 卢　挚（约1242—1314后）

字处道，一字莘老，号疏斋，又号嵩翁。先世涿郡（今河北涿州），后迁居河南。元世祖至元五年（1268）进士，历官至河南路总管、集贤学士、湖南道肃政廉访使等职。著有《疏斋集》，时与刘因、姚燧齐名。工散曲。词风清朗，富有情致。

## 清平乐

行郡歙城寒食日伤逝有作[①]

年时寒食，直到清明日。草草杯盘聊自适，不管家徒四壁。[②]　今年寒食无家，东风恨满天涯。早是海棠睡去，莫教醉了梨花。[③]

**【注释】**

①此词牌始见于李白所作。双调，四十六字，前片仄韵，后片平韵。又名"醉东风"、"清平乐令"、"忆萝月"。歙城：今安徽歙县，即徽州所在地邑。寒食日：古历令在冬至后一百零五天称"寒食"，一般在清明前一或二日，此日不举火，称"禁火"，冷食，故云。伤逝：悼亡。　②草草杯盘：胡乱简单地凑酒菜。　③海棠：二月花卉，开时色深红，而后色转淡粉色凋谢。此处暗用宋华岳"愿言相约花前醉，莫放春容过海棠"（《早春即事》）及陆游《驿舍见故屏风画海棠有感》诗之"犹乐相寻岂易

知，故人应记醉中诗”意。梨花：色白，望之如雪。春二三月间开花。唐温庭筠《鄠杜郊居》有“寂寞游人寒食后，夜来风雨送梨花”句；陆游《梨花》诗有“常思南郑清明路，醉袖迎风雪一杈”句。

【品评】

这是一阕客中悼亡，不忘旧时荆钗布裙之情的作品。卢挚曾任江东道提刑按察副使，元时皖南属江东道，沿宋时江南东路之建置，故其在歙地作品甚多。上片回思往日情事，颇有内疚感。这内疚是唯顾“自适”，不问家计。遇寒食清明之类节日，即使“草草”筹措，也要应景自乐一番，自示风雅不弃，免不了吟哦诗词。从“自适”到“不管”还抒露有未能与亡妇共悲欢，辜负了多少年华。这就愈益反跌出下片的伤感和悔情来。下片佳处在后两句的意象提炼极精深。海棠喻“红颜”、梨花拟“素魂”。词人在另一阕同调“歙郡清明”词中也有“海棠痴绝，忙甚都开彻”语。此处“睡去”即凋谢，集中了“无家”的悼亡意，他说红颜已去，与谁花前共醉，难道能与亡灵同饮一盅“寒食”酒？清明祭奠之心，客中飘游孤寂之情，全凝结在“早是”、“莫教”的折叠之间。读解此词，不能轻忽题中“伤逝”二字。否则宦游之人与一般羁旅之客无别，似乎都在伤无家可归，岂非太矫伪？而“海棠睡去”、“醉了梨花”的化陈俗为新警的匠心也将汩没，太辜负了词人的苦情。至于删其词题，更易导致风马牛不相及之弊。

# 刘敏中（1243—1318）

字端甫，号中庵，济南章丘（今属山东）人。元世祖至元年间，拜监察御史，劾权臣桑果奸邪，不报，辞职归里。后又起召，官至翰林学士承旨，卒谥文简，追封齐国公。性刚毅真率，不容暴虐。词有《中庵乐府》约存150首左右。词风旷雄清拔，虽多议论，仍富情致。

## 沁园春

大德甲辰之岁，张君秀实得石百脉泉南麓土中，辍以遗余。余使视之，石四旁皆大石附而不属土，周隙间宛然犹胞胎，抉其土，碎其旁石而取焉。置之所居“中庵”之前，余命之曰“太初之岁”，且号曰“苍然子”，奇之也。顷余族弟仲仁得石“太初”所出之旁，又以见遗，其胞胎犹太初，而艰深倍之。仲宽弟合众力出之，辟垣而纳之，置之“中庵”之后，又一奇也。徐思其名：自混沌始分，而有是质，迄于兹远矣；乃得安常守密，无动移摧剥之患，浑然天全，独立远矣；其状雄拔高峻，壁岭窾穴，岚彩辉焕，意态横出，虽具眼未易尽其妙，远矣；生而与“太初”并处，出而与“太初”对列，协久要不忘之义又远矣。有是四“远”，而秀发如此，乃定名曰“远秀峰”，号之曰“颀然子”云。且用“太初”乐章韵，作歌以喻之。石之至，延祐戊午仲春十有九日也，其歌曰：[①]

石汝何来？政尔难忘，平生“太初”。[2]想将迎媚悦，无心在此；清奇古怪，有韵铿如。[3]何乃排垣，直前不屈，似此疏顽其可乎？[4]今而后，有芳名雅号，听我招呼。

世间贵客豪夫，问几个回头认得渠？[5]既千岩气象，君都我许；四时襟袍，我为君虚。无语相看，悠然意会，自引壶觞不愿余。[6]商歌发，恰风生细竹，月上高梧。[7]

【注释】

①大德甲辰，是大德八年(1304)。百脉泉：在山东章丘，一名“百脉水”，即绣江之源。《水经注》：“百脉水，出土鼓县故城西，源方百步，百泉俱出，故谓。”辍：中止。遗：赠，读若“尉”。混沌：天地分前形状。兹：此，指今日。久要：旧约、旧交谊。《论语·宪问》：“久要不忘平生之言，亦可以为成人矣。”协：合。延祐戊午：延祐五年(1318)。前后两石之得时距十四年。　②政尔：意为“正是”。　③“想将迎媚悦”：是一种为对方设想假设。说石如要媚世悦人，不会在这里的。　④排垣：犹言排闼垣墙前，动势欲前。　⑤渠：他。　⑥壶觞：酒具，指代饮酒。　⑦商歌：秋歌。商：古时五音之一。《礼记·月令》谓孟秋之月“其音商”。

【品评】

辛弃疾当年得一怪石，赋《摸鱼儿》一阕改名《山鬼谣》，因名石为“山鬼”故。词中有“神交心许。待万里携君，鞭笞鸾凤，诵我《远游赋》”诸句，言志抒愤情。刘敏中先得“太初”石，以《沁园春》调作《苍然吟》，是“援稼轩例”的写心之篇，词里警策之句云“撑住黄垆，庄严绣水，攘斥红尘力有余”，豪气袭人。现在时隔十四春，这一年正是刘敏中生命的最后时间，视其咏“远秀峰”词，豪情稍逊而劲气仍足。在宋、元词史上，三峰奇石之吟，足为齐鲁文化心态考查供参酌，也是自苏轼、米芾以来“怪石供”小史的重要文献。文人文化中的“石文化”分支是“物”“我”交融心灵文化的深层表现，它的涌现和存在是华夏大文化高度成熟发展的一个标志，应该得到世人的关注。就词论词，在枯燥、玄虚，道学与道教气甚浓重的元人词中，刘中庵此篇虽仍多议论，却能不空枵。整篇作品处于与“石”对话，心语交通，疏朗中形象跃动，物我之句的共识、默契之欢快情甚浓。这种欢快又渗有沉郁的感喟，故又不是轻浅的占有式的喜悦。世人少此襟抱，无天生奇石所具有的品格——当然是对象人格化——和骨力，此乃一个熟谙人间世情的老人的感喟。文化史上，拜石、袖石以及如刘敏中这样咏石，以石为知音，其行为本身就是一种对现世人生反拨的举止。顺便说一下，词的小序自南宋以来，渐见发展，成为词作的一个具体组合的部分。此词之序不多见地长，读之则似篇记石小品，不觉其冗繁。

## 刘　因（1249—1293）

字梦吉，号静修，初名骃，字梦骥。保定容城（今属河北）人。以理学名世，居里教授，门下多有成就。元世祖至元十九年（1282）征为承德郎、右赞善大夫，未几以母疾辞归。后再次召起，坚不赴。著有《静修集》、《樵庵词》。词风澹宕清逸，多山林味。

### 念奴娇

忆仲良[①]

中原形势，壮东南、梦里谯城秋色。[②]万水千山收拾就，一片空梁落月。[③]烟雨松楸，风尘泪眼，滴尽青青血。[④]平生不信，人间更有离别。[⑤]　旧约把臂燕南，乘槎天上，曾对河山说。[⑥]前日后期今日近，怅望转添愁绝。[⑦]双阙红云，三江白浪，应负肝肠铁。[⑧]旧游新恨，一生都付长铗。[⑨]

**【注释】**

①仲良：或说即画家王庭钰，江西上饶人。唯王氏字作良仲。存疑。　②谯城：在今河南夏邑县北。壮东南：意谓中原形势壮于东南。　③空梁落月：意谓人去屋空，落月满梁，荒凉凄清状。　④松楸：两种树名，此指墓地树木。青青血：碧血，此处应有青春早逝意。　⑤此句中的“离别”是指死

别。 ⑥燕南：此处当指保定，作者家乡。这三句说，当年曾相约，在我家乡相会把臂同游，去往海上。用《博物志》“天河与海通”，乘槎而去典故。槎：船。 ⑦“前日”句：往日预订的“后期”，而今已近。 ⑧双阙：指都城。三江：指江湖。肝肠铁：比喻仲良性情刚毅。皮日休《梅花赋序》云：“余尝慕宋广平之为相，贞姿劲质，刚态毅状，疑其铁肠与石心。” ⑨长铗：长剑。当年齐国冯驩曾弹剑而歌。此处有慨叹良友多才，一生潦倒，未遇器之者之意。

【品评】

词笔多贵虚灵，词情则特重厚实。友情词尤需出真情，载现良朋相知首在于知其心，而后得以心灵沟通，哀乐与共。刘因此词写亡友之情深，长忆之哀恸，极得厚实之美力，笔致却又很虚灵，很难得，在友情词专题史上足称上乘之作。词题中之“忆”字极关键。此友人若新近亡故，因用“悼”或“哀”之类字，如健在者则应以“念”、“思”言之，“忆”者忆亡故有时之人，所以下文坟上树木已拱，呈“烟雨”之观了。词的动人处有二：一是传神地写出了这位亡友的性格才能、际遇生涯。仲良是个肝肠如铁的男儿，可是“万水千山”，飘泊湖海，寄幕乞食，“一生都付长铗”。身后又萧条之甚，“空梁落月”，凄凉满目。这一点全以虚笔侧写出之。二是抒述两人交谊，集中以“旧约”作为情结。他们志趣相投，对世间尘俗均极厌倦和蔑视。相约同作乘槎游，用的正是“物外游”、超脱尘俗的意象。上下片交错展开忆念情，未作板实地区划。起首所以“梦”去谯城，是因为“前日后期今日近，怅望转添愁绝”！“万水千山”二句又正是“一生都付长铗”的终结形态。松楸的烟雨，是仲良生前“风尘”泪血的魂化。当年两人都不信会是生离死别，现今这种“旧约”期近，人却化去的“新恨”难道又不是“都付长铗”的后果吗？由此而言，况周颐评语“真挚语见性情”，切合词心，“和平语见性养”则与此词无涉，未免隔膜感。至于把仲良视为未亡之友，则势必难贯通词情，从而枝枝节节诠解之。

# 曹伯启（1255—1333）

字士开，号汉泉，砀山（今属安徽）人。元文宗天历年间召为淮东盐访使，官至行中书左丞上护车。卒谥文贞。著有《汉泉漫稿》。词风疏放，足迹遍川黔，山水感受之写最真切自然。

## 南乡子

### 四川道中作

蜀道古来难，数日驱驰兴已阑。[1]石栈天梯三百尺，危栏；[2]应被旁人画里看。　两握不曾干，俯瞰飞流过石滩。[3]到晚才知身是我，平安。孤馆青灯夜更寒。[4]

**【注释】**

①阑：尽。意兴阑珊，兴致全无。　②石栈：山壁上凿出之栈道如天梯垂下，远视景观，也是登山人感觉如爬上天之梯。　③“两握”句：两手紧张时掌中多汗。　④孤馆：指简陋的驿站或客店。

**【品评】**

词中写西南山水者明清以前不多见。曹伯启曾“万重烟水间云山”地跋涉于湘川黔贵一带，其《临江仙》“水出五溪成一派”等是较早表现“滩流如怒”、“石齿崭然”的作品。严格讲来，以抒发乡愁、宦怨苦情的羁旅于岭壑江川之什，不尽属山水题材。山水之写应是以第一自然为表现主体，抒述视觉审美感受或心灵反应为旨归。这阕《南乡子》即合此题旨，词共二首，此乃第一首。石栈挂云天，飞流过石滩，均是实景，仅仅实景实写，这两句不算希奇，表现高险状出语无惊人处。传神的恰恰在平易语句“两握不曾干”，五字把危处之怯，险境之悸准确、具体、生动揭出。从而上片“应被旁人画里看”句既不空泛，下片“到晚才知身是我”也略无故作耸听危语之感。于是，“平安”二字，就显得不平淡，读者从中可听到一声长长的历经紧张情绪后的放松的心音。“到晚”句有此“平安”之嘘的反托，那种身悬绝岭时心魂惊悸出窍的情态，已不需要任何多余的渲染，已立现眼前。紧张后的放松，每每是放松后的紧张。后怕，会让人愈来愈平静不下心来，白天的种种险情一一浮现眼前，脑中依然在“危栏”俯瞰，热汗兼冷汗四淋的腿脚似仍在“石栈天梯”上。所以，放松后自幸“平安”的“我”尽管累之已极，却“孤馆青灯”、无法入睡；而且山间夜气与心中的后怕，甚而犹湿的汗衣贴身，一起构成了“夜更寒”的心境。“蜀道之难难于上青天”，古早成谚，但那是古人的感受，未经身临其境，无以成为自己的体验。曹伯启的实践之后，结论是差一点恢复不了“身是我”的感知！但是，冒险、历险，何尝不是种刺激的快感？后怕过去，不无惊喜和欣慰，在写这阕词时他多少流露有一点满足感的。“应被旁人画里看”云云，在那高险处云烟飘渺，凌虚下瞰，此生不虚的美感快慰将会随着时间推移而愈强烈的。

# 张 埜

字埜夫，生卒年不详。邯郸（今属河北）人。其父张之翰亦能词，所著《西岩集》，见与赵孟頫、卢挚等同时唱和。埜曾官翰林学士，著有《古山乐府》，词风清劲明爽，有苏辛意味。

## 水龙吟

酹辛稼轩墓，在分水岭下。①

岭头一片青山，可能埋得凌云气？②遐方异域，当年滴尽，英雄清泪。③星斗撑肠，云烟盈纸，纵横游戏。④漫人间留得，阳春白雪，千载下，无人继。⑤　　不见戟门华第，见萧萧竹枯松悴。⑥问谁料理，带湖烟景，瓢泉风味。⑦万里中原，不堪回首，人生如寄。且临风高唱，《逍遥》旧曲，为先生酹。⑧

**【注释】**

①此词牌始见宋苏轼《东坡乐府》。双调，一百零二字，仄韵。此调句读多参差。起句七字，第二句六字者，以苏轼词为正格。起句六字，第二句七字者，以秦观词为正格。又，平韵一体见之甚晚，清江曰桢《荔墙词》有之。此调又名："小楼连苑"、"海天阔处"、"庄椿岁"、"鼓笛慢"、"龙吟曲"、"丰年瑞"。辛稼轩墓：稼轩是南宋大词人辛弃疾之号。其墓在江西铅山县瓜山

之后虎头门阳原山腰上，距今县城24公里。　②凌云气：指喻辛稼轩抗金复国的壮志豪气。　③遐方异域：稼轩本山东历城（今济南）人，为抗金率义军归南宋，被贬赋闲居上饶、铅山一带前后二十余年，终客死他乡，故云。　④“星斗撑肠”三句：评赞稼轩将一腔悲慨情倾之笔下，成为纵横驰骋的挥洒文字。“星斗”暗喻芒角肠撑，满腹不平。纸盈烟云则是在啸傲山水中其实充溢着被压抑的“凌云气”。英雄不能驰骋纵横于沙场，而转以驰骋于笔墨，张埜是为之悲叹挥一掬同情泪。　⑤阳春白雪：曲高和寡，难以为继之作。这几句说：于是人间却留存了这些高妙之词。　⑥“不见”二句说稼轩旧居已破败状况。张埜作此词上距稼轩之卒年（1207）正百年左右。　⑦带湖：位上饶城北龙衙亭与茶山寺之间，背倚灵山，已堙没。瓢泉：距铅山旧县城二十余里瓜山下。泉两窟，后窟一泉状似圆瓢，有浅沟通前窟似圆锅状之泉。稼轩于四十二岁时卜居带湖，五十七岁徙居瓢泉附近之期思市瓜山。　⑧《逍遥》旧曲：词牌有《逍遥乐》一调。稼轩或曾填过此调，已佚。

**【品评】**

凭吊之作以词这体裁来写，最不易，尤其是凭吊人物。敷衍之辞不足以传述对象之神，也无以见凭吊者之情或一得之想。何况凭吊辛稼轩这样的兼英雄、逸士、词人于一身的伟大的历史人物。张埜此词的精彩处是他在百字之中抉出了稼轩之精魂，凡国事、人事、心事、词事，以至于百年间带湖、瓢泉的环境氛围的变迁，无不囊括、熔铸于笔底，而他自己的敬崇之心、感慨之情以及对历史、社会、人生的认知取舍，也具体可感地表现得极为充分，无一句虚与古人周旋语。上片起句一问固然已统摄全篇精神，“遐方”句贴尽稼轩遗恨之心；最不容易的是“星斗”句起，对稼轩只能将心力抛之于“云烟盈纸，纵横游戏”的悲叹，不啻是一曲隔代知音之唱。张埜与稼轩超越了时空的心事沟通，可说是灵犀一点的具体而微地表现。下片的感叹重心在：世人之对稼轩的认识太不足了，对稼轩精神太不尊重了，“竹枯松悴”，四字已说到底。何以如此的呢？张氏在“问谁料理”之后，冷峻地以“万里中原”三句接上。辛弃疾的命运是永远和万里中原的能否重见“汉官仪”紧相联系着的！一种民族情绪无形中流出，其时正是元蒙统治之天下。尽管张埜已是入元第二代士人，但厚重的“夏夷大防”观念以及此“防”的崩溃之悲凉，依然是浓重的。元词多议论，但此词不空泛，也无当时严重弥漫的道教玄虚习气。

# 李齐贤（1287—1367）

字仲思，号益斋，又号栎翁，高丽人。历仕本国，官至门下侍中，卒谥文忠。著有《益斋乱稿》、《栎翁稗说》等。元仁宗延祐元年(1314)随使至大都(今北京)，与姚燧、赵子昂等交往，后又数次来中国。词以行旅、山水之写多且工，得清灵幽秀之致。

## 太常引

### 暮　行①

栖鸦去尽远山青，看暝色、入林坰。② 灯火小于萤。人不见、苔扉半扃。③　　照鞍凉月，满衣白露，系马睡寒厅。今夜候明星。④ 又何处、长亭短亭。⑤

**【注释】**

①此词牌始见辛弃疾《稼轩长短句》中。双调，四十九字，平韵。又名"太常引"、"腊前梅"。　②林坰：林野，远处视野中的林影。坰：遥远处。读若"窘"，阴平声。　③苔扉：指苔藓遍生的屋子。扉：门。半扃：半关半开着。　④候明星：等候启明星，等天亮。　⑤这两句写明日不知又到哪里行宿。古时十里置一长亭，五里置一短亭。既为送行分手处，亦供歇脚之需。

【品评】

写行旅之苦，空泛惹人厌，一味哀叹听多了亦不免陈词滥调。感受既要真切，表现视角尤贵新人耳目。这阕《太常引》除末句有一丝澹澹喟叹外，纯以视听出境界，景观荒寂，却具一种野幽之美感，词人羁旅疲惫之情按之可得。“栖鸦”去尽是归巢，鸦归鸣噪声亦歇，人不如鸟，仍在途中。从“远山青”到“看暝色”之间，有时空推移，暮色渐重，也有视线转移，由“山”而“林”，自远及近。视线能见度和时空变易交相渗合，全在“暮”色的酵化中。所以，上片的“青”、“暝”、“灯火小于萤”是行进途中片刻间三层时空感受，乃动势中的景色色调移换。此种毫不着力似地句句切合题旨“暮行”，很显出作者笔力灵动又细腻。“灯火”句起由动势转入止行，推出今夜歇脚之所的景象。需补充一句的是前面三句虽是动势表现，却又动中见静。静寂之境乃衬现烘托暮行之荒凉感。而现在留宿待天明之所，又是一派破落荒寒，前后色调、氛围极为和谐。小于萤之灯火，暖色冷现，衬以“苔扉”，境同青灯古寺，幽瘦则过之。下片写出一个旅人秋夜独立沉吟于凉月白露下，肤觉成为重点之写。马睡寒厅，是人生寒意，白露在衣，乃凉入心头。疲惫亟需入睡，荒野感令醒人不寐，写“马睡”，正见人醒。“候明星”则已在深夜，天将吐露曦色，征程未尽，能不怅然，明天此时人在何处？此词心手如一，以手写心，无藻绘无典实，然而素描中又不乏色彩感。

## 萨都剌（1308—？）

字天锡，号直斋。或说为蒙古族人，明清学人及当代学者如陈垣皆考其乃回族。籍雁门（今山西代县）。元泰定四年（1327）登进士，累官至燕南河北道肃政廉访司经历等职。著有《雁门集》。诗以磊落激昂称一代名家，词亦不佻不缛，清壮气盛见胜。

### 百字令

登石头城①

石头城上，望天低吴楚，眼空无物。②指点六朝形胜地，唯有青山如壁。蔽日旌旗，连云樯橹，白骨粉如雪。③一江南北，消磨多少豪杰。　　寂寞避暑离宫，东风辇路，芳草年年发。④落日无人松径冷，鬼火高低明灭。歌舞尊前，繁华镜里，暗换青青发。伤心千古，秦淮一片明月。

【注释】

①此词牌即“念奴娇”。石头城：故址通常均指今南京清凉山西一段古城墙，当年长江近边。在古典诗词中，“石城”每成为古金陵城的别称。　②吴楚：此地旧有“吴头楚尾”之说，其地域空间正处吴楚交接位置。　③樯橹：指舰船。　④离宫：行宫，古时帝王出京巡游时驻跸之起居处。辇路：御道，帝王专

用道路。

【品评】

石城虎踞，钟阜龙蟠，金陵的雄伟形胜历来是咏史怀古的一个热点。萨都剌有山水癖，晚年侨居安徽太湖县北占司空原，即李白曾隐居过的司空山的前后，曾饱游六朝古城金陵，写了不少作品。对这座历史名城，他有些什么感受，为吟咏热点提供了什么新的认识意义？据说是信奉伊斯兰教而具有高度汉文化世族出身的萨都剌，对石头城下的人事演变和山川形势的判断是悲观的。“眼空无物”，除了“青山如壁”之外，此间消失的东西远远多于存在。就历史时空的变迁，以及岁月不留，人生易老这些命题讲，此词没提供太多新的内涵，至少如刘禹锡到王安石，都已先有很警策的议论和抒情文字。值得注意的是，萨氏强化了一个认识：唯其形胜，故成兵家要冲。可这个地域有势而无险可守，长江天堑，也只是“白骨粉如雪”的战场，鹿死谁手正难预测，实亦难以视为“天险”。君王们对这虎踞龙盘地那么有兴趣，到头来无不“鬼火高低明灭”，短命得很。令人惊讶的是，萨都剌据以形成一己感受的往昔的历史是如此，就在他写这类吟咏发这种感慨后没多年，朱元璋开国后的起结历史亦莫不如此。仅有不忘之前史，无多稀奇，更有忘师前车之鉴的后事，则令人悚然。“伤心千古，秦淮一片明月”，是当时词人为秦淮月感喟，她简直是阅尽石城沧桑的历史精魂；在今天看来，萨都剌最终将自己也化进了“伤心千古”的圆缺往复的月华中。文学家或诗人都不是打卜算命人，但凭他们的历史敏感性，有时甚而是一种直觉判断力，往往在有意无意间泄露某些“天机”，道出一点规律性的底蕴来。这首词和萨都剌另一阕《满江红·金陵怀古》都是一向被誉为大气包举、雄浑壮慨之名篇，但要讲耐人寻思，此词称胜。

# 刘　基（1311—1375）

字伯温，号犁眉，处州青田（今属浙江）人。元宁宗至顺四年（1333）进士，官江西高安县丞等职；后于顺帝至正二十年（1360），为朱元璋聘至金陵，佐明兴，官至御史中丞兼太史令，进封诚意伯。著有《诚意伯文集》。词称元明际作手，前期以悲慨苍凉、抑郁清深见胜。

## 水龙吟

鸡鸣风雨潇潇，侧身天地无刘表。[①]啼鹃迸泪，落花飘恨，断魂飞绕。[②]月暗云霄，星沈烟水，角声清袅。[③]问登楼王粲，镜中白发，今宵又添多少？[④]　极目乡关何处？渺青山髻螺低小。[⑤]几回好梦，随风归去，被渠遮了。[⑥]宝瑟弦僵，玉笙指冷，冥鸿天杪。[⑦]但侵阶莎草，满庭绿树，不知昏晓。[⑧]

【注释】

①“鸡鸣”句：非仅属实景之写，是对现实社会环境的感受和感叹。《诗经·鸡鸣》篇有“风雨潇潇，鸡鸣胶胶”句，喟乱世之情。刘表：东汉末荆州刺史，中原战乱，其辖地初尚安定，士多依之。　②断魂：形容哀伤心魂。　③角声：画角，军号声。袅：余音不绝貌，同“嫋”。　④王粲：三国时人，字仲宣，曾依刘表，作《登楼赋》以抒乡情和不遇之情。　⑤髻螺：以女子所盘

似螺形发髻比拟远山状。 ⑥渠：他，它，字面指代青山，实喻某种阻力。 ⑦“宝瑟”三句喻心境颓丧，远远自处，保持高远之志算了。 ⑧“但侵阶”三句：虚拟一种摆脱愤懑的心境，与嚣尘远隔。

【品评】

有“治国平天下”之心、济世之志，却在乱世中沉浮，未遇明主，连刘表这样的人物都不见，自苦际遇还不如当年王粲。此为刘基落魄时的哀颓心绪。人们印象中能演算天下事，精《推背图》的刘伯温其实也有怀才不遇，前景迷茫之时。此词所有意象无不在前人笔下屡见，但刘基却运用强化、叠进的手法，如画手着色不怕重彩似的，激活出一种情感的力度。从而予人以凝重、沉郁、盘结难解的压抑感。这需要一股情韵生气贯联，否则徒见藻绘而难达到上述效果。这股“气”就是“侧身天地无刘表”的慷慨不平的怨怒气，惟其如此，也就与历史上的王粲那种一介书生式的失意牢骚区划开来。所以，刘基的自拟王粲，这只是作为一个特定意象符号的借代，登楼情状似同，而心志神魂有异。刘表的以无大成被人讽谕，在“诚意伯”人选的刘基看来，是乏缺良辅。这里正是词人个性特征的关键所在，历史证明，他确非志大才疏，徒作大话之徒。任何“陈辞”、“熟词”，一旦被真实深切的情思重铸后，其潜在的意蕴仍能出新，这肯定是条规律。更需注意的是，形似雷同的语言，经各自所怀之“气”鼓动后，效应亦自迥异，这乃个性的艺术力量表现。刘基此词虽也用“啼鹃”、“落花”、“宝瑟”、“玉笙”等等，读时绝无软性感，当然更无脂粉气。它所表现的力度是英雄失落的凄紧所致，与常见的伤春悲秋，文人情怀的浪费挥洒，不能同日而语。

## 杨　基（1332—1378 后）

字孟载，号眉庵，先世四川嘉定州人，后迁于江苏吴县。元末曾入张士诚幕下为记室。明洪武初年，起为荥阳（今属河南）令，累官至山西按察使，被谗夺职，罚以劳役，卒于工所。诗负盛名，为“吴中四杰”之一，著有《眉庵集》。词清丽有意味，以小令胜。

### 菩萨蛮

水晶帘外娟娟月，①梨花枝上层层雪。花月两模糊，隔帘看欲无。　　月华今夜黑，全见梨花白。花也笑姮娥，让他春色多。

【注释】

①娟娟：美好貌，言月光皎洁，月色妩媚。　②姮娥：即嫦娥。姮，读若“恒”。

【品评】

这是一阕以机趣见巧的小词。似若咏物，实系喻理。其所表现的“理”，初一读再也简单不过，梨花在与皎月争胜斗艳。上片说因为有月光，雪样白的梨花美色被淹化了，分不清“花月”。诚然，这也可谓以月色比衬花容。下片推过一层，在无月的黑夜，梨花的堪称“花容月貌”的冷艳之色全显，岂非独占了

“春色”？细一想，有了上片月色相比，那“花月两模糊”之“模糊”其实已写足了梨花之洁白，何必再赘述“今夜黑”之背景衬托？这种“让他春色多”的虚荣好胜心性不有点病态么？再往里面想，不免悲哀，杨基似乎傻气十足地在“笑姮娥”，“让他”独占春色，自我表现，其实是在讲：不是“花”太白，那是因为“夜”太黑！这很惊悚。难道得以表现才华，逞露个性，非得在夜色如墨的背景前？在黑夜中多几分春色，甚或独占了春色，是怎么滋味？可骄傲吗？不必深究词人是否有意“寄托”，也许他在逞才炫巧。但即使如此，词在客观效果上表述了与“疾风知劲草”相类的命题，只是“劲草”悲壮，“梨花”则悲苦味浓。

# 高　启（1336—1374）

字季迪，号青丘子，又号槎轩，长洲（今江苏苏州）人。元末一度为张士诚幕僚，明洪武二年（1369）应诏纂修《元史》赴金陵，翌年史成，授翰林编修，七月擢户部侍郎，旋即辞官归田。洪武六年（1373）牵累于魏观之案，坐狱，竟遭腰斩。高启与杨基、张羽、徐贲称“吴中四杰”，诗为有明一代巨擘。著有《扣舷词》，今并收入《高青丘集》。词风清俊疏旷为主，间亦有缠绵处。

## 沁园春

雁①

木落时来，花发时归，年又一年。②记南楼望信，夕阳帘外；西窗惊梦，夜雨灯前。写月书斜，战霜阵整，横破潇湘万里天。③风吹断，见两三低去，似落筝弦。④相呼共宿寒烟，想只在、芦花浅水边。恨呜呜戍角，忽催飞起；悠悠渔火，长照愁眠。⑤陇塞间关，江湖冷落，莫恋遗粮犹在田。⑥须高举，教弋人空慕，云海茫然。⑦

**【注释】**

①此词牌名首见苏轼《东坡乐府》。汉时有沁水公主园，后唐人诗类用之，调名当由此取定。双调，一百十四字，平韵为正格。此调又名“东仙”、“念离群”、“洞庭春色”、“寿星明”

等。 ②木落：秋季。花发：春天。雁为候鸟，秋南飞，春北归。 ③书斜、阵整：雁性合群，飞行时或成“一”字，或成“人”字，如书写于天空间，故云。潇湘：湖南有潇水、湘江，每以之指代该地域。南岳衡山坐落潇湘间，山有回雁峰，据谓雁南来至此而止，越冬回归。故咏雁诗词多用潇湘字样。 ④筝弦：琴筝弦索。定弦柱钮斜行，形类雁阵。李商隐诗有“十三弦柱雁行斜”句。此处“似落筝弦”句，据上下文意，指失阵之雁似缺落弦钮。“落”应作脱落解。 ⑤戍角：军营号角。此处泛指角吹之声。“渔火”二句用张继《枫桥夜泊》诗“江枫渔火对愁眠”句意。 ⑥陇塞间关：陇西塞外，泛指边陲关塞。间关：跋涉道路，艰难行状。 ⑦弋人：捕鸟者。高举：高飞。

【品评】

词史上足称咏“雁”佳制者有三，在高启之前有南宋末年张炎的《解连环·孤雁》，之后则推清初朱彝尊《长亭怨慢·雁》一阕。如果说，张炎之名句“写不成书，只寄得相思一点”，传述出失群孤冷、落寞凄寂的幽苦心绪；朱彝尊的“渐倚斜、无力低飘，正目送、碧罗天暮。写不了相思，又蘸凉波飞去”，表现的是落魄江湖时期那种旧巢已破，新枝无栖的凄惶迷惘的失落感的话，那么，高启的“须高举，教弋人空慕，云海茫然”之唱所抒露的乃是种惊悸中仍不无孤高自信的情态。凡此种种，无不烙有深深的时代印痕和个性特征。咏物之作贵在寄意，然而意之相寄又必凭借物象。有物无意，其作非空即浅；有意无物则易导致或泛或涩，均不是佳构。高启此词以紧扣“雁”之候鸟特性起笔，上片写法较平整。“南楼望信”云云切合雁足能传书信之典实；“西窗惊梦”则从听觉上表现闻雁惊心，愁人雨夜灯影独伴，转进空灵。至此，不安心绪已抽理出。接着写雁阵形态，从广阔空间上贴近雁群，随之又以“风吹断”一转，使平实再次略见变化，而散群之惊悸不安情也显现。下片着重于“两三”、“共宿”伴侣之间的心声沟通之写，心理活动尤多。“莫恋遗粮犹在田”是自警，也是共勉，为全篇警策句，与现实王权之不合作态度揭明。词之“物”“我”化合，此句亦系关键。这阕咏雁词笔致细处能不密涩，情思疏旷而别见深沉，最能体现高青丘词风特点。令人大憾的是，“弋人”罗网之细密远胜词人思虑之周详，任你怎样“高举”，终竟落入其掌中，“空慕”的转成青丘子自己，可悲。

# 聂大年（1402—1456）

字寿卿，江西临川人。宣宗宣德末年(1435)官仁和县学训导，改仁和教谕，景泰六年(1655)荐入翰林修史，旋卒。博学多才，以诗名著于时，有《东轩》、《冷斋》二集。

## 卜算子[①]

杨柳小蛮腰，惯逐东风舞。[②]学得琵琶出教坊，不是商人妇。[③]　　忙整玉搔头，春笋纤纤露。[④]老却江南杜牧之，懒为秋娘赋。[⑤]

【注释】

①此词牌始见苏轼《东坡乐府》。双调，四十四字，仄韵。又名“百尺楼”、“眉峰碧”、“缺月挂疏桐”、“黄鹤洞中仙”、“楚天遥”。　②小蛮：原白居易家侍姬，善舞。白诗有此句，引以指代一歌妓。　③教坊：唐代教习歌舞的机构所在。商人妇：反用《琵琶行》“老大嫁作商人妇”句。　④玉搔头：玉钗，女子头饰。春笋：形容美人手。　⑤杜牧之：杜牧。其有《杜秋娘》一诗。

【品评】

明代中叶多冶艳之作，艳而庸俗恶俗者正不少。聂大年此词艳能不俗，而且表现一个新出教坊的歌妓很有点不甘心任人播弄的主心骨，新颖处也就在这里。“不是商人妇”是说靠卖艺而不怕色衰，不走“老大嫁作商人妇”的道路，这很孤傲。孤傲竟表现在社会上视为很卑微的歌妓身上，岂不奇特？不仅如此，她还傲慢地要让“杜牧之”老去无诗可作或无兴致赋“秋娘”诗。是不是因为杜牧的一些写女子的诗不免有些轻佻呢？还是她不想赖才子们为之捧场？不管从哪一方面说，一个弱女子的自信力很可佩服地显现出来。小令无多字，形象却生动，上下片互补相衬，很丰满。

# 唐　寅（1470—1523）

宇伯虎，一字子畏，号六如，苏州吴县人。明孝宗弘治十一年(1498)试应天第一，次年会试以科场案下狱，谪为吏，遂弃科举业，纵酒佯狂，放浪形骸以终。工诗，与文徵明等合称“吴中四才子”，尤以书画名世，词亦流丽清婉富韵致。著存《唐伯虎全集》。

## 一剪梅[①]

雨打梨花深闭门，忘了青春，误了青春。[②]赏心乐事共谁论？花下销魂，月下销魂。[③]　　愁聚眉峰尽日颦，千点啼痕，万点啼痕。[④]晓看天色暮看云，行也思君，坐也思君。[⑤]

**【注释】**

①此词牌以周邦彦所作起句有“一剪梅花万样娇”句，故取为调名。又名“玉箪秋”、“腊梅香”。双调，六十字，平韵。　②“雨打梨花”句用宋人李重元《忆王孙·春词》结末成句。　③销魂：黯然神伤。　④颦：皱眉。“愁聚”句，意为整日眉头皱蹙如黛峰耸起。　⑤“晓看”句中两个“看”字实系无意义举止，乃特定心态的外现行为。

【品评】

“闺怨”之作在历代词人笔下堪称汗牛充栋，无疑，愈是习见的题材愈难出新意，从而所贵也尤在能别具心裁。唐寅这阕《一剪梅》的佳处不只在于词句之清圆流转，其于自然明畅的吟哦中所表现的空间阻隔灼痛着痴恋女子的幽婉心态更是动人。空间，既无情地拉开着恋者的距离，而空间的阻隔又必然在一次次“雨打梨花”、春来春去中加重其往昔曾经有过的“赏心乐事”的失落感；至若青春年华也就无可挽回地在花前月下神伤徘徊之间被残酷地空耗去。时间在空间中流逝，空间的凝滞、间距的未能缩却，尤加速着时光的消逝。上片的“花下销魂，月下销魂”，是无处不令“我”回思往时的温馨；下片的“行也思君，坐也思君”则写尽朝暮之间无时不在翘首企盼所恋者的归来，重续欢情。唐寅轻捷地抒述了一种被时空折磨的痛苦，上下片交叉互补、回环往复，将一个泪痕难拭的痴心女子形象灵动地显现于笔端，诚无愧其“才子”之誉称。

# 文徵明（1470—1559）

谱名壁，其兄奎，均以星宿为名辈排行。以字行，改字徵仲，号衡山，卒后私谥“贞献先生”。长洲（今江苏苏州）人。由岁贡荐举特授翰林院待诏，不三年辞归。书画称巨擘，与沈周、唐寅、仇英并称“明四家”。著有《甫田集》等，诗文词均精粹，唯为画名所掩。其词清隽明润，然亦时有遒峭。

## 满江红

### 题宋思陵与岳武穆手敕墨本①

拂拭残碑，敕“飞”字依稀堪读。慨当初、倚“飞”何重，后来何酷？岂是功成身合死？可怜事去言难赎。最无端、堪恨又堪悲，“风波”狱。②　　岂不念，封疆蹙？岂不惜，徽、钦辱？③念徽钦既返，此身何属？千古休谈南渡错，当年自怕中原复，笑区区、一桧亦何能？逢其欲。④

【注释】

①此词调有平仄两体，仄韵体填者最多，平韵则始见姜夔之《白石道人歌曲》。双调，九十三字。又有“上江虹”、“念良游”、“伤春曲”等名。思陵：南宋高宗赵构。岳武穆：即岳飞，“武穆”系追谥之号，宋宁宗时则追赠“鄂王”。敕：诏书。手敕：指帝皇亲自写的诏书。敕，读若“斥”。　②风波狱：岳飞被害

处为大理寺内风波亭，其时在杭州。　③蹙：收缩，此处指国土减小。徽、钦：宋徽宗赵佶，宋钦宗赵桓。高宗赵构之父兄。　④区区：小小，不足道。一桧：一个秦桧，桧为高宗朝时权相。

【品评】

南宋岳飞以“莫须有”之罪冤死风波亭事，为民族历史一大悲剧，世人皆知。赵构之罪责难逃，《宋史·岳飞传论》亦已载明：“高宗忍自弃其中原，故忍杀飞”。但是，史论需有实证，实证之物最能挑出邪佞心肝。明代中叶，出土了一实证，即赵构手敕岳飞的“御书”。徐釚《词苑丛谈》说：“夏侯桥沈润卿掘地得宋高宗赐岳侯手敕刻石”，除了点明吴地吴人“掘地得”之事，“手敕”是什么内容未言。《壮陶阁书画录》卷五载有文徵明嘉靖二十二年(1543)作的《题宋高宗敕岳忠武书》。忠武亦岳飞赠封之号。《书》说：“后仅署日月，而不纪年。按此当在忠武讨兀术获胜时所降下者，故文内犹寓嘉励之意。嗟乎！倘高宗始终不为桧贼所惑，三字之狱不成，将见妖氛荡扫，何难奏凯于旦夕哉！”据此可知，“手敕”不止“精忠”二字，如毛庆臻《一亭考古杂记》所云。其次，题跋语气舒缓，“始终不为”秦桧“所惑”一句，只“始终”二字有春秋笔意，责兼君臣，重心在桧。此词慷慨激烈，则专在抉心，而“贼桧固不足污齿也”。以词与《书》并观，韵文之体，作史论竟锐过题跋散文，且同出一手，颇不多见，然而偏见于以温雅谦恭素称的文徵明之笔。据文献，与文衡山同时题词的尚有沈周，感愤淋漓的气势或许正和互相酬和氛围有关。

# 李 濂（1488—1566）

字川父，又作川甫，号嵩渚，祥符（今河南开封）人。明武宗正德九年（1514）进士，历官山西按察佥事，免归后家居达四十载。著有《嵩渚集》等。诗风流畅飞扬，词则以清峭见胜。

## 柳梢青

### 修武道中[①]

烂漫春游，人生行乐，山水夷犹。[②]昨夜河阳，今朝修武，明日怀州。[③]　　平日雅兴难酬。信辔去、东风紫骝。[④]问酒花村，题诗松寺，飞梦蓬邱。[⑤]

**【注释】**

①此词牌有平仄两体，双调，四十九字，或五十字者为异体。又名“云淡秋空”、“雨洗元宵”、“玉水明沙”、“早春怨”、“陇头月”。修武：在河南。　②夷犹：原意迟疑徘徊，此处作盘桓、流连解。　③河阳：今河南孟县。怀州：今河南沁阳。　④辔（pèi）：驭牲口用的嚼子和缰绳。骝：骅骝，名马良驹。紫骝即紫色好马。　⑤蓬邱：蓬莱山，见《十洲记》，此泛指名山。花村、松寺，均无确指。

【品评】

记游或羁旅之类题材，不仅每多浮泛少个性之作，而且后者不免时见愁苦情，多读易生厌意。李濂这阕《柳梢青》写游情固显得放旷，尤可贵的是笔下拉出风景线和空间转移感，从扫描式的快节奏中透发着轻松自在的某种快意，人生的快意。当然，细加辨味，“平日雅兴难酬”六字中仍不无感慨，其所感慨者无疑是“穷通出处”之类的际遇。今日得以“酬雅兴”，实即是赋闲罢职所“赐”，而“难酬雅兴”之时则忙于仕途无有其暇心也。如此说来，词中流露的快意是自嘲呢还是自慰？“人生行乐”是可喜抑是可悲？词人几乎未见有所暗示。但这种寻思很必要，尽管朦朦胧胧，却增厚了词所蕴藏的韵味，不至于一览无余。此词遣语明快，节奏亦密合而流动多致。叠句“昨夜”、“今朝”、“明日”；“问酒”、“题诗”、“飞梦”云云，足见简而不率，浅近却不粗疏，非无匠心者。

# 杨 慎（1488—1559）

宇用修，号升庵，四川新都人。正德六年（1511）进士第一，充经筵讲官。嘉靖三年（1524），因“大礼仪”廷杖削籍，远戍永昌卫（今云南保山），卒死贬所。天启朝追谥“文宪”。著有《升庵词》。慎为明中叶文学大家，命运蹭蹬，老境凄凉。其词藻丽其外，凄咽于内。

## 转应曲[①]

银烛，银烛，锦帐罗帏影独。离人无语消魂，细雨斜风掩门。门掩，门掩，数尽寒城更点。[②]

【注释】

①此词牌即“古调笑”，单调，三十二字，四仄韵，两平韵，两叠韵。又名“三台令”、“宫中调笑”。　②更点：打更声。

【品评】

此词三转其韵，形影身心随之三转而渐转渐清晰。第一韵写影，以秾丽的背景（房帏设备）突现“影独”，愈华贵愈清冷。第二韵写形，语默之形相与“细雨斜风”之淅沥构成反差。语默并非心宁，愈不宁烦躁或思苦愁绝之际，愈无语，无可语，语难尽意。然而风雨声却如此不断，益增心苦。第三韵从白天关不住“细雨斜风”，转入夜半三更，“门掩”掩不住“寒城更点”。长夜不寐，心头寒苦，静数更鼓声的心理活动被写尽。“数尽”即数到头，到更点敲完，一夜到天明。此“寒”字真入骨。整个时间推移，情思加浓，全在转韵回环中完成。换韵和平仄互调，以及叠韵的拓宽容量的功能，杨慎把握和运用得极纯熟。仄韵急促，平韵绵悠，与情境的相副之妙，也是此词动人处。

## 临江仙

### 《廿一史弹词》第三段说秦汉开场词[①]

滚滚长江东逝水，浪花淘尽英雄。是非成败转头空，青山依旧在，几度夕阳红。　　白发渔樵江渚上，[②]惯看秋月春风。一壶浊酒喜相逢，古今多少事，都付笑谈中。

【注释】

①此词牌名原系唐教坊曲名。《花庵词选》云：“唐词多缘题所赋，临江仙之言水仙，亦其一也。”始见《花间集》所作词。此调体格甚多，常见一体为双调，六十字，平韵。又名“庭院深深”、“采莲回”、“画屏春”、“雁后归”、“想娉婷”、“瑞鹤仙令”、“鸳鸯梦”、“谢新恩”。《廿一史弹词》：杨慎晚年所著历史通俗说唱之作，原名《历代史略十段锦词话》，一段相当于一回。此词系第三段开场词，后来清初的毛宗冈移置于《三国演义》卷首。　②江渚：江湾。

【品评】

时、空、人、事之间的感悟，并非人人都能把握。历史固是镜子，但倘若没有一己丰富的甚至是痛苦的残酷的人生体验，那面镜子仍或虚设,最多也只是热闹好看而已。杨慎的人生感受太多太深。他以宦家子弟,高中魁首,着实春风得意过好一阵;可到头来,七十二岁的生命却有三十五年被耗在边境戍地。太复杂了倒会转成简单,看透了人生,一切都可抛撇。当然,这种"透"是经历过痛彻入骨,心力交瘁后的自救境界,"转头空"既是消沉的又是愤慨的,无非是愤慨已臻没火气而已。在时、空的悟解中,"青山依旧在"是不变,"几度夕阳红"是变,"古今多少事"没一件不在变与不变的相对运动中流逝,杨慎愈老愈深悟这一点。他靠着它,从"是非成败"的纠葛中解脱出来,活了过来。所以,淡语、轻松语、超脱语,不是人人说得来,说得好,说得深刻的。淡语深刻,绝非文字技巧能获致,但又非凭借举重若轻,漫不经意似的文字功力不可。此或即所谓"无技巧"境界。

## 施绍莘（1588—1640）

字子野，号峰泖浪仙，华亭清浦（今属上海）人。少补诸生，不乐仕进，年二十即弃举子业，闭门注《老》、《庄》，以恬退名于时。精工散曲，有《秋水庵花影词》四卷。词风清隽中每出哀思，颇耐寻味。

### 谒金门

春欲去，如梦一庭空絮。[①]墙里秋千人笑语，花飞撩乱处。　　无计可留春住，只有断肠诗句。[②]万种消魂多寄与：斜阳天外树。[③]

**【注释】**

①“如梦”句：柳絮飞空，茫茫如梦；人间众生亦各自在梦境里。　②断肠：形容伤心之至。痛致肠断，典出《搜神记》：“人杀猿子，猿母悲啼死，破其腹，肠皆断裂。”　③消魂：悲哀情，亦作“销魂”，语出江淹《别赋》：“黯然销魂者，惟别而已矣。”“斜阳”句：用辛弃疾“斜阳正在，烟柳断肠处”句意。

**【品评】**

施绍莘是个隐逸之士，但较少明末山人气。他的词曲中每多冷眼看世态的意蕴，生际明末，哀伤情常在心底。这阕小令从题面看是“伤春”，就词心言则是伤时。上片冷峻，写出危颓之世，迷惘如梦，而“墙里”人依旧“笑语”如常。麻木，还是醉生梦死的荒唐？下片将视线收敛内观自照，“无计”是最大的悲哀。最大的悲苦永远属于清醒人，这又是怎样的一种难解之迷惘？“万种消魂”只能化为诗句，实也就是“国家不幸诗家幸”。然而此种“幸”，岂非是天公的特定惩处？用断肠之苦换取若干文字，能说不是大不幸。此词警策之句首在“如梦一庭空絮”，将醉者以及醒而“无计”者全融进了梦游般境界。那种时代的悲剧性的深刻，由此凄婉情韵中毕见。

## 沈宜修（1590—1635）

字宛君，吴江（今属江苏）人。沈珫女，叶绍袁妻。生八子三女，皆才，第六子叶燮以及叶纨纨、蕙绸、小鸾三个女儿名尤著。著有《骊吹集》、《伊人思》、《梅花诗》等。词清妍幽婉，绵邈细密，如丝抽茧。

### 霜叶飞

题君善"祝发图"①

闷怀难表。西风弄、愁人踪迹颠倒。笑拼华发何凄凉，露泣芙蓉老。②梦破柳烟蝴蝶晓，沈吟掷镜寒云扫。③世事总休休，但倩取幽窗月影，夜半留照。④　　憔悴！动处非狂，愁时易醉，画里人应知道。绕崖黄叶正纷纷，好共哀猿啸。落蕊楚江君莫恼，芳洲处处悲秋草。自有闲云飞，伴松月山空，桂丛烟渺。

【注释】

①此词牌始见周邦彦《片玉集》。双调一百十一字，仄韵，为正体。又名"斗婵娟"。沈宜修此调下片结句用沈唐一体。君善：沈自继（1585—1651）之字，自继为沈琉第二子，宜修之兄。散曲家。祝发：断发，削发出家。　②"露泣"句：用李贺《李凭箜篌引》"芙蓉泣露香兰笑"句截其前半语意，状惨淡之音容。　③"梦破"句：用庄周梦为蝴蝶，觉来空梦而已句意。寒

云:指喻花白头发。 ④倩取:求取。

【品评】

吴江沈氏与叶氏同为风雅人文巨族,沈氏一族尤以曲剧崛起明代中叶后,著称一世。沈自继(君善)与戏曲大家沈自徵(君庸)是同胞手足,均系沈璟从侄。明末衰颓腐朽的统治,形将崩溃的朝局,在文化世族的才士们心头潮起的苍凉凄楚情思似特见先期汹涌。自徵落魄江湖多年,自继则愤而欲断发。需要辨清的是绘"祝发图"时,沈君善并未真的这样做了。他是在明亡后第二年即乙酉(1645)岁真正削发为僧的,所以,作"祝发图"实际上是抒愤懑的表现形态。对自己兄长的心绪,沈宜修太理解了,《霜叶飞》起句四字"闷怀难表"即抉住了心灵,表述着一种知音者的熨帖。作为女词人,宛君显现出的不是一般闺阁女性的才情,她在善解人意的同时还具有练达洞明的观察力和洞穿世事的认知性。因而,她的词笔在研婉幽秀风韵中别具苍劲味,"笑"与"凄凉"与"泣"和"老"一起组合在两句十二字中,足以将老兄的悲慨情怀以及绘图明志的心声跌宕披露出之。这种背反形态下的跳荡激烈心绪,经"梦破"、"沈吟"两句的深化,已被贴地到位写尽,于是"世事总休休"五字了结之。上片题的是画之"心",这较之就画题画无疑高出不止一筹。"但倩取"始转到画面。然而下片也还是并不粘在画境中。在"绕崖"二句之前是对兄长的怜爱和深切理解,之后则是恰到好处的劝慰。天下纷纷,还得自重,珍摄!可以也应该超脱一点,清宁一下心境,但不必太"恼"呵!结句就画中背景,深予美叹,是为淡化"恼"和"悲"的情绪。没有这一层,就不切合兄妹之情,也体现不了女性的细腻、温柔、体贴特性。沈、叶两家几代才人,都不是玩物丧志者。在鼎革时,沈宜修已先逝十年,叶绍袁父子弃家流离飘泊,沈自炳、沈自驷兄弟群从喋血殉难,一种文化养成所升华的人格自我完善行为,表现得很典型。沈宜修表现于词中的剥茧理丝、举重若轻,虚实兼运的艺术才华,同样是高度成熟的文化在女性世界的表证。

# 陈子龙（1608—1647）

字卧子，一字人中。华亭（今上海松江）人。明崇祯十年（1637）进士，选浙江绍兴府推官，擢兵科给事中，未及赴任而明亡。乃事福王朱由崧于南京，为马士英辈所嫉，乞归。旋受鲁王部院职，结太湖义师抗清兵，被缚，投水殉国。子龙早年与夏允彝齐名，为"几社"领袖。诗振"七子"宗唐之风，称"云间派"。词有《湘真阁存稿》一卷，另见存于《幽兰草》中得一卷。词妍丽委婉，哀艳凄恻，明亡后三数年中所作则泣血啼鹃，愈见深沉。

## 浣溪沙

### 杨　花①

百尺章台撩乱飞，重重帘幕弄春晖。②怜他飘泊奈他飞。③　澹日滚残花影下，软风吹送玉楼西。④天涯心事少人知。⑤

**【注释】**

①此词牌原为唐教坊曲名，又名"小庭花"、"满院春"、"东风寒"、"醉木犀"、"霜菊黄"、"广寒枝"、"试香罗"、"怨啼鹃"等，有近二十种别称。双调，四十二字。有平仄两体，平韵见唐人词，如韩偓等，仄韵始见南唐李煜所作。"沙"或亦作"纱"。　②章台：原为秦时君臣朝会之台，唐人诗中始用以指

代“秦楼楚馆”,成为青楼妓院别称。 ③奈:无可奈何。 ④澹日:新晴,日光澹荡。软风:轻风。 ⑤天涯:飘泊天涯。

【品评】

陈子龙与柳如是有段哀婉的情缘,时在明崇祯八年(1635)间。由于子龙之妻张氏的不容和其他种种原因,两人只得分手。于此前后,凡关涉杨柳之吟咏,大抵是陈子龙抒露此段情爱之作。这阕小令即借咏物以写情,是对分手之初的内心复杂难言之苦涩的自我咀嚼。难言每与无以名之的“莫名”共生,人到陷入此类心境时远较长歌当哭更为不堪。

词人在此小词中表述了相思、阻隔、无望之哀,更浓重的是对“他”的怜爱怜惜。倘若没有一种心音相通的理解的露水姻缘,分手不会有太难磨灭的痛苦。既是红粉知己,又是两情投合,却无力永成连理;更何况明知所爱者际遇哀苦,飘泊不能自主,此去将会落得怎样的命运安排?真难预料亦不堪想象时,其心底之失落和歉疚感交杂摩荡,最无法言语以传。“怜他”句的动人处,正在于从“理还乱”的情思里抽理出最凝重的一层,传述了难以尽传的心灵悸动。

下片的重心是特定的心知和默契。“滚残花影”、“吹送玉楼”都是飘泊无主的她可能的前路和必然的归宿,但可以肯定,她不会坠落于混溷,她能自爱、自立、自强的。“澹日”两句的意象选择是严格的,字面明写,句外有暗示。“残”和“送”均系被动,身难由己,然而绝无自暴自弃可能。这种判断来之于对“心事”的理解和相通。“少人知”,不是无人知,“我”就是“少”中的一个。这“心事”从另一角度言,其实不是单方面的,乃是他俩情缘中结撰起来的,他人不知“我”能知。咏物而写人,固不大易,写人而传神魂、写心灵,又得句句不黏不脱于“物”,自更难乎其为。王士祯早年学词遍和过“湘真”之作,体验甚细,在《倚声初集》和《花草蒙拾》中对陈子龙词赞叹无已，他用“不著色相，咏物神境”八字评此词，是得“意”之言。

## 醉桃源

### 题　画①

朱栏清影下帘时，泠泠修竹低。②满园空翠拂人衣，流莺无限啼。③　莲叶小，荇花齐，雨余双燕归。④红泉一带过桥西，香销午梦回。⑤

**【注释】**

①此词牌“阮郎归”。“阮郎归”调始见南唐李煜词。双调四十七字，平韵。又名“宴桃源”、“道成归”、“碧桃春”、“濯缨曲”。　②泠泠：风声。　③空翠：翠色浓重浮现四空，“绿肥”也。流莺：莺啭之声如流响延绵。　④荇花：水草之一种名“荇”，读若“杏”。花形合瓣，色黄，夏日开。　⑤红泉：落红于泉，泉色亦呈红。非谓岸边花映泉而红。过：流过，载着花瓣之泉水流过桥下。

**【品评】**

“云间”词人追求“高浑”词境，“高浑”即无迹可寻，不着斧痕浑成一体。又主张“境由情生，辞随意启，天机偶发，元音自成”，上述均见之陈子龙《幽兰草题辞》。这一阕“题画”词就是“云间”风格的一种典范体现，随情造境，以境出情的艺术手段臻于高妙之极。所题之画实系“绿肥红瘦”的春去夏初之时“闺人伤春”图。可是图中无“人”，人在帘内，依稀隐约而已。词人之笔正由此切入，以清风修竹声形、浓绿袭人意、流莺啼送春等等视觉、听觉、几乎无以表现的触觉将一派春去情景勾勒以出，下片“燕归”、“红泉”仍强化渲染氛围和景观。人呢？没有，但你完全能感知其存在，并还感觉到一丝幽幽的惜春的懒散无绪心脉的搏动声。“午梦”句是以影写形，以神出人。梦回现实，不无惆怅。梦去何境？或正是三春风光所在。梦里梦外，两相观照，愈觉百无聊赖，懒得起身，懒得启口。所以，炉中“香销”也不想动，不想续添一炷，连呼唤婢女一声都没心思。“午梦回”是形，梦未醒是神。清初邹祗谟说：“秦黄佳境，有句可择，大樽觉无句可摘。”无句可摘就是浑然，以境胜。词虽也声色俱见，藻彩不匮，可是清丽流动，不滞不涩，无琢痕。题画而笔下自具画境，或即借题画之名而自造画境。在无数同类题材中，如此词之能无俗气无匠气，为难得。

## 唐多令

### 寒食，时闻先朝陵寝，有不忍言者①

碧草带芳林，寒塘涨水深。五更风雨断遥岑。②雨下飞花花上泪，吹不去，雨难禁。　　双缕绣盘金，平沙油壁侵。③宫人斜外柳阴阴。④回首西陵松柏路，肠断也，结同心。

【注释】

①此词牌始见宋刘过《龙洲词》。又名：“南楼令”、“箜篌曲”、“馆多令”。双调，六十字，平韵，为正体。寒食：清明前一日或二日。先朝陵寝：指明十三陵。不忍言者：指破败惨状不

忍言。 ②遥岑:远山。山小却高谓“岑”。 ③“双缕”句:指龙袍。盘:盘龙,用金丝线绣团盘龙状。油壁:油彩绘饰的车辆。均指代陵寝。 ④宫人斜:葬宫娥处。

【品评】

妍丽哀艳的审美情趣,在天崩地裂的年代里,渗入家国之痛,则转成为幽苦凄恻情韵。藻采丽泽,经血泪之浸,无不蒙上惨色。陈子龙最后三年间的作品表明,“云间”词风将随时代播迁而变衍,如果他不是过早地殉难,必有惊心动魄之创辟大观。这阕《唐多令》词据王沄的《陈子龙年谱续》说,与《二郎神·清明感旧》均系“先生绝笔”,作于丁亥(1647)春三月。关于“先朝陵寝”的荒凉破落情况,当听自李雯所述。李氏葬父南归,北还前访陈子龙,“相向而泣”,泣谈中必涉及前朝事。词情是遥祭传哀,下片换头起三句全从由“闻”而展开的想象景观,本应是祭奠大礼之节令,现今则阴冷凄清一片。这想象和哀思的起点在“五更风雨”的梦断“遥岑”。“雨下飞花”是被摧残意象,“花上泪”是附着在凋零败花上的心灵意象。国事已苦,心事更苦,任风雨飘摇,心苦难禁更难去。此种痛哀诚令人肠断,但哀兵决战的心态正坚,所以结句冷峻而不衰飒,将断肠“结同心”是怎样一种悲壮烈慨的境界。据王沄言,清明之前,陈子龙“捐地”葬故友同志夏允彝,赋诗二章,填词二阕。然则,“结同心”为祭语,通心声于地下,壮志气于生者。全篇色调寒怆,收束处则愤而奋起。

## 二郎神

### 清明感旧[①]

韶光有几？催遍莺歌燕舞。[②]酝酿一番春，秾李夭桃娇妒。[③]东君无主，多少红颜天上落，总添了数抔黄土。[④]最恨是年年芳草，不管江山如许！　何处？当年此日，柳堤花墅。内家妆，搴帷生一笑，驰宝马、汉家陵墓。[⑤]玉雁金鱼谁借问？[⑥]空令我伤今吊古。叹绣岭宫前，野老吞声，漫天风雨。[⑦]

**【注释】**

①此词调原系唐教坊曲名。始见于柳永《乐章集》。《钦定词谱》谓此调分两体，起句四字者名"转调二郎神"。双调，一百零四字，各体字数有一二增减。仄韵。又名"十二郎"。　②韶光：春光。　③"酝酿"句：意为春光很短，在桃红李纷的酝酿中浓郁，在相互"娇妒"媲美中即将逝去。　④东君：春神。抔：用手捧。"黄土"句指坟墓。　⑤内家妆：宫妆，内苑宫女妆饰。　⑥玉雁金鱼：指陪葬器物。雁、鱼：旧说能传信，故此处兼用此义。　⑦绣岭宫：指代陵寝。据《一统志》：临潼东南，左曰东绣岭，右曰西绣岭。秦汉至唐，陵墓寝宫分布这一带。野老：遗民。用杜甫《哀江头》句"少陵野老吞声哭"意，兼自比。

**【品评】**

"感旧"所感者为二：一是旧友，二是旧朝。而旧友如夏允彝辈之成"数抔黄土"，又正是为的旧朝。故交新坟是眼前事，"汉家陵墓"则在天涯处。但不管是燕北还是江南，春神失主宰，“红颜”尽凋落则是遗恨通同。当年的“蹇帷一笑”的“内家妆”们的踏青祭陵的盛况，已全被“野老吞声”的急风暴雨所摧去。词从上片葬祭故人的哀思驰向先朝陵寝的神伤，凄音远响，成为一代明词的终结伟制。“二郎神”的健举骨韵，慨伤情心渐多以议论语势出之，是值得注视的一种启变迹象。委婉的意象群，在激越的思绪前，会显出不敷其用，力不足载情的。

# 李　雯（1608—1647）

字舒章，江南华亭（今上海松江）人。明崇祯十五年（1642）举人，入清荐入弘文院撰文，授中书舍人，充顺天乡试同考官。早年与陈子龙、宋征舆齐名，称“云间三子”。著有《蓼斋集》，附词一卷，初名《仿佛楼草》。其词以清艳称，晚作多怨苦悔恨味。

## 菩萨蛮

忆未来人[①]

蔷薇未洗胭脂雨，东风不合催人去。[②]心事两朦胧，玉箫春梦中。[③]　斜阳芳草隔，满目伤心碧。[④]不语问青山，青山响杜鹃。[⑤]

**【注释】**

①此词牌原系唐教坊曲名。苏鹗《杜阳杂编》云：“大中初，女蛮国入贡，危髻金冠，缨络被体，号菩萨蛮队。当时倡优遂制‘菩萨蛮曲’，文士亦往往声其词。”双调，四十四字，两仄韵，两平韵。又名“子夜歌”、“巫山一片云”、“花间意”、“花溪碧城里钟”、“重叠金”、”梅花句”、“晚云烘日”、“菩萨鬘”等。回文词体又名“联环结”。　②蔷薇：多年生落叶灌木，春夏间开花，深红色为多。“未洗”意为花尚未开得盛足。东风：春风。　③玉箫：女子名。据《云溪友议》载：西川节度使韦皋，少游江夏，与

一青衣名玉箫者有情，约少则五载多则七年娶之。迨过八年春，玉箫无望而绝食以死。　④“伤心碧”句：满目青山在愁人心上的感觉，青得发怵发惨。　⑤杜鹃：鸟，又名子规，相传为古蜀望帝之魂所化，啼时嘴角溢血。

【品评】

这是一阕词情凄迷的“闺怨”之作，也是一篇用心良苦的预后文字。何谓“未来人”？从词的表层形态言，无疑指有约未践者，“我”心所期者；按词的底蕴，知人论世笺之，此“未来人”实指对“后来人”，包括当年的盟友们在内的日后重逢、身后论评的知我罪我的一切人。所以这是首很特殊的长短句。系用词的形式自我记录特定的人生转折期的心绪，以作为个人历史鉴证留待他日的文字。词作于顺治元年(1644)夏，李雯应荐出仕之时。李氏的仕清，颇有客观偶然性。他是在崇祯十六年(1643)去京师的，当时陈子龙曾劝阻过，陈氏《三子诗选序》说：“癸未，李子从其尊人太仆公入燕邸，余移书尼之，不听。明年春，先皇帝召予为谏官，未至，京师陷于贼，太仆殉难。虏师入，寇遁。李子守父丧，不得归。”《南汇县志》也说：其父李逢申，“遭诬谪戍，雯匍匐走京师讼其冤。甲申父殉闯难，雯募棺殓之，饘粥不进者累日。本朝定鼎，内院诸大臣怜其孝，且知其才，荐授弘文院中书”。以上所述进京情节有详略，间亦有所异，但李雯的恰好身处剧变中的北京，确非有意识主动存图谋似可无疑。而据陈子龙所述，则李氏词之“忆未来人”或正指子龙，虽然文字的客观效应不必局限之。考订不是品评，但不明“未来人”三字牵动的本事，种种离题遐想、胡乱猜测，则大悖对这词的品评。本事大致理清，词心即可探得。首两句伤悼崇祯朝崩倾，蔷薇未开谢之时，“胭脂雨”却换成满地胭脂血，三月十九“先帝”化去。三四句以“玉箫”自喻，“两朦胧”三字写尽难言复杂的迷茫心态，“玉箫春梦”实系身虽在、心已死，眼前浮沉殆同“春梦”之自表心迹。下片“斜阳”句暗用辛稼轩“休去倚危栏，斜阳正在，烟柳断肠处”词义，一“隔”字写出与“未来人”时空阻隔。举目所见则莫非国破后景象。故谭献《箧中词》以“亡国之音”四字品之，是中的之语。顺治三年(1646)李雯归父葬。重访陈子龙，“相向而泣，旋别去”，时在翌年春初。不久陈子龙被俘殉国，李雯亦病卒返京途中，真成“玉箫春梦”。

# 吴伟业（1609—1671）

字骏公，号梅村，江南太仓（今属江苏）。明崇祯四年（1631）进士，官至南国子监司业；甲申后福王拜少詹事。顺治十年（1653）被迫出仕，累官国子监祭酒，四年后辞归。著有《梅村家藏稿》等，诗为“江东三大家”之一。其词前期多侧艳，后期则悲怆自苦，情思凄哀。

## 贺新郎

### 病中有感①

万事催华发。论龚生、天年竟夭，高名难没。②吾病难将医药治，耿耿胸中热血。待洒向、西风残月。剖却心肝今置地，问华佗、解我肠千结。③追往恨，倍凄咽。

故人慷慨多奇节。④为当年、沉吟不断，草间苟活。⑤艾灸眉头瓜喷鼻，今日须难决绝。⑥早患苦、重来千叠。脱屣妻孥非易事，竟一钱不值何须说。⑦人世事，几完缺。⑧

**【注释】**

①此词牌始见于苏轼《东坡乐府》。双调，一百十六字，仄韵。又名“乳燕飞”、“金缕曲”、“金缕衣”、“金缕词”、“风敲竹”、“金缕歌”、“雪月江山夜”、“貂裘换酒”、“贺新凉”。 ②“论龚生”二句：龚胜，西汉人，官中大夫，王莽篡政，征龚氏为“讲学祭酒”，龚胜称疾不受。《汉书·龚胜传》载，龚胜说：“吾受汉家厚

恩，亡以报，今年老矣，旦暮入地，谊岂以一身事二姓，下见故主哉?”遂绝食死，年七十九岁。 ③华佗：三国时名医。肠千结：喻不治症。强调病重，一般借指心病。 ④故人：朋友，旧友。此处指明亡后死节的陈子龙、杨文骢、夏允彝等。 ⑤沉吟：犹豫不决，游移不定。草间苟活：偷生怕死。草间：相对于朝廷。朝廷倾圮，草间苟活。 ⑥“艾灸”句：中医传统治病方法之一种。燃艾叶于针灸穴位，可止头痛等；瓜蒂味苦寒，嗅之歕鼻，以通关，可解热毒上壅。此句用《隋书·麦铁杖传》事，辽东战役中，麦铁杖请为先锋，对医生说：“大丈夫性命自有所在，岂能艾炷灸頞，瓜蒂歕鼻，治黄不差，而卧死儿女手中乎?”黄，热病。 ⑦屣：鞋子，读若“洗”。此句以“脱屣”喻抛撇妻儿不忍心，不易决断。一钱不值：《史记·魏其武安侯传》载：“(灌)夫乃骂临汝侯(灌贤)曰：生平毁程不识不直一钱。” ⑧完缺：完：完人。缺：缺损，指名节有亏，晚节不终。

**【品评】**

此词传说是吴梅村临终绝笔，最早见之尤侗的《艮斋杂说》。尤侗(1618—1704)与梅村系同郡之人，又仅小九岁，差不多生活在同一时代，其说自易取信于世。然而谈迁的《北游录》的《纪闻(上)》已载述这阕词，《北游录》这一部分记录不可能迟于顺治十二年(1655)，所以“绝笔”之说又难以成立。其实，是否“临终”绝笔对把握词心，并无太大关系。如果说，人们接受而且确认这样一种观念：有的人虽死犹生，有的人活着却是死了！那么，“吾病难将医药治”的吴梅村是在顺治十年陷入“一身事二姓”之境起，他自己宣判了自己已是“不值一钱”的“草间苟活”，也即别一种意义的“临终”。至少，在诗词文字中，吴伟业不断地在作类此的自讼，这阕“病中有感”词是这一类自讼之作中最著名的。由此而言，写于顺治十年秋，也就是清廷征辟诏书下颁，梅村面临“饿死事小，失节事大”时的这感受，确是他在生与死的临界点上的哀叹。何况其时又事实在病中，心力交瘁，情思怫郁，自愧自惭，自责深疚，显得愈益真实感人。词笔甚疏朗，但结构或者说构思却很绵密。上下片有两个对照。一与古之完人对照，龚生年七十九而称之为“天年竟夭”，意为不该死而竟死；那么观照之下自己这个四十五岁的不“完”之人，该死而终因当年“沉吟不断”而不死，岂不可悲？能不大悔？下片又与“慷慨多奇节”的故人对照，深化了“高名难没”和“偷活”者的一钱不值的反差。无地自容之感不啻是一种绝境，类似于不治之症，然而却又得示众地活着，这很痛苦，是一种难堪的痛苦。坦诚，能博得怜惜和谅解，因为坦诚也是感情真挚的形态。所以，尽管梅村自述当年不紧随先帝一起尽节是为了“妻孥”，今天仍不能自裁以抗拒征辟，也是“脱屣妻孥非易事”，这理由实际上很不堂皇；可是坦率地陈述不堂皇的行为和心性，正是不掩饰的自我谴责，能不被人宽谅。才人大抵容易聪明自误，吴梅村却在自误中又聪明得清醒，他知道世人包括后世之人，最能同情弱者，他，毫不讳言自己是个软弱的、优柔寡断的、“妻孥”之情缠绵难解的人。赵翼的《瓯北诗话》说他“自恨濡忍不死，跼天蹐地之意，没身不忘，则心与迹尚皆可谅”。这种身后评判的获得，诚赖诗词之力也。

# 徐　燦

字深明，又字明霞，号湘苹，又号紫箮，江南长洲（今江苏苏州）人，徐子懋女，海宁陈之遴（1605 — 1666）继室。陈之遴原明崇祯十年（1637）进士，入清累官至弘文院大学士，后坐事免死流徙辽东，燦随夫谪迁塞外。陈之遴卒后十二年，始扶榇南还。著有《拙政园诗余》三卷，词绝工丽，陈维崧《妇人集》以为“南宋以来，闺房之秀，一人而已”。后期才锋遒丽，绝无脂粉气。

## 青玉案

### 吊　古①

伤心误到芜城路，携血泪，无挥处。②半月模糊霜几树。紫箫低远，翠翘明灭，隐隐羊车度。③　鲸波碧浸横江锁，故垒萧萧芦荻浦。④烟水不知人事错，戈船千里，降帆一片，莫怨莲花步。⑤

【注释】

①此词牌名取自汉张衡诗“可以报之青玉案”句。始见自苏轼《东坡乐府》和贺铸《东山词》。双调，六十七字，仄韵。又名“西湖路”、“青莲池上客”、“横塘路”。　②芜城：扬州。出自鲍照《芜城赋》。　③翠翘：女子钗饰之一种。韦应物《长安道》诗有“头上鸳钗双翠翘”句。羊车：古时一种精美的车。亦称

“画轮车”,见《宋史·舆服志》。 ④鲸波:急浪大潮。横江锁:古时江防在水中拉开拦江锁链。 ⑤莲花步:指喻女子。旧时称女子足为“金莲”、“莲步”。

**【品评】**

陈之遴是吴梅村亲家,在政治权力生涯中,这是个有野心而少操守的人物。徐燦下嫁之遴早在陈氏登进士前,才情均富,伉俪甚笃。作为一个才妇,又是吴中巨族闺秀,徐氏不可能抗逆夫君的宦志,但内心的不满和忧怨是存在的,对剧变的世时也有其自己的看法。此词题为“吊古”,实系伤今。是顺治初她路经金陵、扬州一带的伤时悼世之作。“携血泪,无挥处”六字情心的惨痛写得沉重有力度,“误到”二字表明其原本不忍目睹这被酷屠之城,怕走“芜城路”。“半月”句凄凉景观显出,残月荒树,萧条之极。尽管箫声犹闻,“翠翘”依稀,新的醉生梦死般的生活又见,然“低远”、“明灭”云云,都表现了徐燦的情绪审视,色调是黯淡的,与无挥处的血泪之韵一起构成了特定境界,兴亡感浓重。下片以肃杀氛围衬出大背景,严峻、险恶的战乱时代本未结束。警策之语是“烟水不知人事错”,此乃对“降帆一片”的南京福王政权中政治败类的谴责。同时明确指出误国祸水决不是“莲花步”的女子。下片意理深刻而又形象饱满的议论,益显现上片所表现的无处挥血泪的女词人的愤懑形象,这是个清醒的不自足于优裕生活的女性。唯其如此,徐燦后来在陈之遴病死后,主要靠丹青画佛像度日,坚持十二年终于得南归,她是强毅的。

## 永遇乐

### 舟中感旧[①]

无恙桃花，依然燕子，春景都别。[②]前度刘郎，重来江令，往事何堪说。[③]逝水残阳，龙归剑杳，多少英雄泪血。[④]千古恨，河山如许，豪华一瞬抛撇。　　白玉楼前，黄金台畔，夜夜只留明月。[⑤]休笑垂杨，而今金尽，秾李还消歇。[⑥]世事流云，人生飞絮，都付断猿悲咽。[⑦]西山在，愁容惨黛，如共人凄切。[⑧]

【注释】

①此词牌有平韵仄韵两体。仄韵体始见北宋，平韵体南宋陈允平创为之。双调，一百零四字。又名"消息"。　②"桃花"句：暗用唐崔护《题都城南庄》诗"人面不知何处去，桃花依旧笑春风"句意。亦与下面"前度刘郎"相呼应。刘禹锡诗先后有"玄都观里桃千树，尽是刘郎去后栽"；"种桃道士归何处，前度刘郎今又来"句。"燕子"句用刘禹锡《乌衣巷》"旧时王谢堂前燕"和晏殊《浣溪沙》"似曾相识燕归来"句意。　③江令：南朝江总，历仕梁、陈、隋三朝，在陈朝官至尚书令，人称"江令"。　④龙归剑杳：用《晋书·张华传》事。张华由雷焕之助得"龙泉"、"太阿"双剑，后两人卒，剑亦去，"但见两龙，各长数丈，蟠萦有文章"，没于水中。此处喻先朝崇祯帝死。　⑤白玉楼、黄金台：均指喻朝堂中枢，贵要之地。　⑥垂杨、金尽：枯落。　⑦断猿：断肠之猿，哀苦而死者。　⑧惨黛：山色如眉黛惨绿。

**【品评】**

以“绝无脂粉气”五字评女性词人，是个很高的荣誉，徐燦也确实承受得此殊荣。此词作于陈之遴仕清，重入“春明”，居位权要之初。在京苑游舟上，词人“感旧”是叹今。本来应是陈之遴深以为疚的感受，却由徐燦这一番沉重的感喟来取代，真令人感到这对伉俪间存在一种气节的阳衰阴盛现象。徐燦在随丈夫重来北京时，只觉得“桃”、“燕”依旧而“春景都别”！这差别之“别”下得如铁铸般重。所有挥不去的血泪史事——其实全是前不久的时事，犹如铅似的压在她心上，那种梦魇感令她深深地痛苦不已。她把这一切都浓缩入“往事何堪说”五字中。在国殇的碧血之色映现下的京城山水“愁容惨黛”前，女词人尖锐地又一次感悟到“豪华一瞬抛撇”，是那样地轻如鸿毛，桃李春风最终还不是“人生飞絮”而已？那么，“前度刘郎”、“重来江令”，在如此严峻的历史舞台上能无丑陋之感、自羞之心？在“逝水残阳”的观照前，徐燦作为一个贵妇人坐在游舟里，心底寒意难禁，她悚然、悸惊，举目是山容“共人凄切”，侧耳则“断猿悲咽”。封建历史上的妇女有各种各样的际遇，但不幸则是共通的。徐燦的不幸，是“命妇”之宠将她与丈夫一起捆在这条舟船上，夫为妻纲，她得悖逆心灵上的感受与陈之遴一起渡去。命运的鉴定证明，她是漂游在苦海上了，然而这本不应是对她的惩处。词的深稳清峭，情辞两洽，在明清之际词坛上足可与须眉男儿角逐而毫不逊色。

## 宋　琬（1614—1673）

字玉叔，号荔裳，山东莱阳人。顺治四年(1647)进士，官至四川按察使。中经两次冤狱，缧系多年，终以忧愤死。著有《二乡亭词》，前期以绵丽见长，后则多凄怨之声。

### 蝶恋花

旅月怀人

月去疏帘才数尺，乌鹊惊飞，一片伤心白。① 万里故人关塞隔，南楼谁弄梅花笛？②　　蟋蟀灯前欺病客，清影徘徊，欲睡何由得？墙角芭蕉风瑟瑟，生憎遮掩窗儿黑。③

**【注释】**

①“乌鹊”句：用曹操《短歌行》“月明星稀，乌鹊南飞。绕树三匝，无枝可依”诗意。伤心白：形容月色惨淡，一种感受语。　②梅花笛：笛曲有《梅花落》等。　③生憎：生，语助词。憎恨，憎恶，此处可作厌恶解。

**【品评】**

莱阳宋氏在明末与入扰山东的清军作战中，曾有大伤亡，宋琬父兄辈中殉难多人。乙酉之初，琬南奔流亡在吴中一带，后虽出仕新朝，一生处于坎壈逆境。此词写旅途月夜怀人，从

“万里故人关塞隔”句看，似怀遣戍塞外之故友。之所以怀人如此怆楚，又应与一己“惊飞”不稳心境有关。色调幽凄得浓黑，是心绪沉陷抑郁难拔境地的表现。上片一“白”字与下片结句一“黑”字对应，触目之极。尽管月色在眼中“伤心白”，怕见，可是再白得惨亮总有一丝光亮，较之“窗儿黑”要略为宽舒，拗笔逆推，他的心灵的幽凉几乎触纸可感。无论是色泽、音响、氛围，全用浓墨渲染，画面上那一抹惨白月色更令人心悸。秋蛩声、风吹芭蕉声和笛里悲苦声，交替灌入两眼黑茫茫、长宵独坐人之耳，是怎样一种滋味。词末那个“黑”字较之他山东乡先贤女词人李清照《声声慢》的“守著窗儿，独自怎生得黑”的“黑”字，似更觉黑得凶险。

## 今释澹归（1614—1680）

金堡，字道隐，仁和（今浙江杭州）人。明崇祯十三年（1640）进士，初授临清知县。明亡，先入唐王朱聿键“隆武”政权，后诣广东肇庆，桂王朱由榔授礼科给事中。弹劾权臣，被拷掠并谪戍清浪卫（今贵州清溪），伤留桂林。城破，遁韶州丹霞寺为僧，法名性因，字今释，号澹归。著有《偏行堂词》三卷，其词苍劲悲凉，凄楚中多透辛辣味。

### 满江红

大风泊黄巢矶下①

激浪输风，偏绝分、乘风破浪。②滩声战，冰霜竞冷，雷霆失壮。鹿角狼头休地险，龙蟠虎踞无天相。③问何人，唤汝作黄巢，真还谤？④　　雨欲退，云不放。海欲进，江不让。早堆垝一笑，万机俱丧。⑤老去已忘行止计，病来莫算安危帐。⑥是铁衣著尽著僧衣，堪相傍。⑦

**【注释】**

①黄巢矶：黄巢，唐末农民起义军领袖。矶：江边山岩。黄巢矶当在湖北与江西相邻一段之长江边。　②“激浪”三句：形容矶势险峻。石矶突出江中，风浪激荡于此。“乘风破浪”句拟人自喻意甚微隐。语出《宋书·宗悫传》：“宗悫年少时，叔父炳问其志，悫曰：‘愿乘长风破万里浪’”。拟人者拟黄巢。　③“鹿角”二句：意谓此矶险峻之势较上游“鹿角狼头”、

下游“龙蟠虎踞”诸地均远甚，相比之下，那些山矶算不上天险之地。鹿角、狼头：均为四川瞿塘峡一带的险石矶滩；“龙蟠”句指南京，那里有燕子矶等。 ④真还谤：是真的还是有意加此恶名以诽谤？由此亦足见此矶形势之险恶。 ⑤堆垝：即“堆㕙”，独坐貌。㕙、垝，读若“鬼”。“万机俱丧”：丧，亡失。万机：世间一切事。意谓抛却尘缘，了不关心。 ⑥安危帐：个人和家国存亡之计。 ⑦“铁衣”句：谓黄巢“铁衣著尽著僧衣”的结局和经历和自己正相类，堪称古今互傍之侣。铁衣：军衣，古时盔甲均以铁片缀护。相传黄巢失败后出家为僧，故又有“铁衣”云云诗句之假托。此诗前一句谓“记得当年草上飞”，后两句是“天津桥上无人识，独倚阑干看落晖”。见陶谷《五代离乱记》。赵与时《宾退录》则辩此诗乃割裂组合于元微之（稹）的《智度师》诗。金堡此处即地名而借其诗境以自拟心态。又，值得注意的是当时李自成结局亦有为僧以终的传闻。

【品评】

即景抒情，借题发挥虽是常见事，但像此词借“黄巢矶”地名，由矶的自然环境态势作中介，而收束到古今殊途同归，一样的“铁衣著尽著僧衣”的世间相，则是史所罕有。“真还谤”，固已意味深长，一“谤”字显见其不以“寇”之恶名而嫌弃历史上这位英雄；“堪相傍”则引为命运通同的合掌者，尤表现出今释和尚无限感慨。这种感慨实出之于“有意回天，到此际、天难作主”，“凭天去，补天何用”的痛苦和“世路上，不平何限，拔刀嫌钝”（均其另题《满江红》词语）的愤怼。下片的雨、云、江、海之间的冲突摩荡之喻，正是构成悲慨的心态的过程描述，“万机俱丧”不是主观的颓退，实乃“回天”无术的哀叹。所以，脱卸铁衣换穿袈裟，与其说是消沉，毋宁仍系倔强。如此地读此词，上下片浑然一气，“怒”涛汹涌，景语实亦情语，无可分割之。这是种似实又虚，诡谲其意的手法，心气之盛，风格与风骨并出。

## 龚鼎孳（1615—1673）

字孝升，号芝麓，安徽合肥人。明崇祯七年（1634）进士，官兵科给事中。李自成进京，留任直指使。清顺治初，起用累擢至左都御史，旋降黜，至康熙元年（1662）复起补侍郎，历官至礼部尚书。著有《定山堂诗余》，一名《香严词》。其词初多绮丽悱恻之调，后期变为苍润清腴而寓劲急味，为清初京苑词盟宗主。

### 贺新凉

和曹实庵舍人赠柳敬亭①

鹤发开元叟。②也来看、荆高市上，卖浆屠狗。③万里风霜吹短褐，游戏侯门趋走。④卿与我、周旋良久。绿鬓旧颜今改尽，叹婆娑、人似桓公柳。⑤空击碎，唾壶口。⑥

江东折戟沉沙后。⑦过青溪、笛床烟月，泪珠盈斗。⑧老矣耐烦如许事，且坐旗亭呼酒。判残腊、销磨红友。⑨花压城南韦杜曲，问球场、马弰还能否？⑩斜日外，一回首。

**【注释】**

①实庵：曹贞吉之号。贞吉生平，见后。柳敬亭：泰州人，本姓曹，飘泊江湖，以说书名天下。晚明时客左良玉幕，历见沧桑巨变，一身系兴亡史事，清初之时，颇具“李龟年”式符号意

义，与故明遗逸及各类人物频多交往。 ②开元：唐玄宗李隆基年号。开元（713—741）为盛世，继之则为“天宝”（742—756），安史乱起。此喻柳敬亭阅尽兴亡人也。鹤发叟：白发老人。 ③荆高：荆轲、高渐离，均战国时曾隐寄市井风尘中的异士。《史记·刺客列传》：“荆轲既至燕，爱燕之狗屠及善击筑者高渐离。荆轲嗜酒，日与狗屠及高渐离饮于燕市，酒酣以往，高渐离击筑，荆轲和而歌于市中，相乐也。已而相泣，旁若无人者。”卖浆：亦指市井中人。 ④短褐：古时贫贱者所服粗质短衣衫。侯门：此前指左良玉等，今则指京师宦门大吏。 ⑤绿鬓：年轻时黑发。婆娑：形容枝叶纷披，此处有衰颓貌意思，喻树即喻人。桓公柳：时光流逝，人老感叹之意象。语出《晋书·桓温传》：“温自江陵北伐，行经金城，见少为琅琊时所种柳，皆已十围，慨然曰：木犹如此，人何以堪。攀枝折条，泫然流涕。” ⑥“唾壶口”二句：《世说新语·豪爽》：“王处仲每酒后，辄咏‘老骥伏枥，志在千里；烈士暮年，壮心不已’。以如意打唾壶，壶口尽缺。”唾壶：承唾之壶。 ⑦“江东”句：指喻南京福王政权覆亡。 ⑧青溪：指南京。“笛床”句：指歌楼，实暗喻昔日秦淮歌酒地。 ⑨残腊：腊月之末，寒冬。红友：酒名，指代酒。前句“旗亭”即酒肆。 ⑩城南韦杜曲：唐代京城长安有韦曲、杜曲地名，贵族居处。马弰：弰读若“梢”，弓之末梢。

【品评】

柳敬亭于康熙十年前隔代再至京师，引起了一场不小的轰动和骚动。轰动的是他的“谈天口”技艺，使公卿们“邀致接踵”（见曹禾在《珂雪词》后所附《词话》中语），骚动的是在一大批与前朝曾有过千丝万缕关系的人的心灵上引起诸种波撼。曹贞吉应柳敬亭之请，首唱之后，则兴起了类乎社集的专题唱和，曹尔堪、陈维崧、汪懋麟等均有所作，除《贺新郎》调，还有《沁园春》诸词牌。龚鼎孳在这一群中，官位最高，并是当年秦淮风月场中故人，与柳叟渊源最深。但在“淘洗前朝之恨”的意蕴上，他得有分寸，这分寸就是切合身份。一要切合新朝大吏，毋多过激忌讳的分寸；二又得抒露三分惭疚，毕竟成为“两截人”的难言的心绪。这就需要择取个特定的抒情角度。既显示“卿与我、周旋良久”的深谊，不忘旧情，又能在“卿与我”之间谋一共识，心照不宣，默契即可。龚鼎孳在清初是最擅于周旋应对临场酬唱才能的一个，此词即充分表现了这种敏捷聪明的情性。他的基调定在“老”字上，老与旧紧相关联，今昔之变的时间过程及种种往事，全可寄于“老”之咏叹中表现，感慨不失，又不过分，激昂音韵颇浓重，却能尽在不言中。上片起句即老人、旧人、老友、旧友之称，公私、今昔，全涵盖进去。“绿鬓”句到“桓公柳”，仍是在岁月不留上着笔，感慨不能说不深，可是虚而不实，雄健之势出以含蓄虚灵之语。下片则“旧事”与“老去”再次深化，“青溪”之点染，有旧谊，有故事，有私交，有国情。经此反复咏叹，击碎唾壶和不堪回首的既是柳敬亭，又是“周旋良久”的自己。复杂的心思，被巧妙地写出，如不细予体味，很难探得词心。

# 宋徵舆（1618—1667）

字直方，一字辕文，江南华亭（今上海市松江）人。明诸生，入清于顺治四年（1647）成进士，官至左副都御史。著有《海闾香词》。早年与陈子龙、李雯合称“云间三子”，并同为“几社”倡导人。诗以博赡见长，词则婉丽为尚，后期渗有凄清意。

## 蝶恋花

### 秋　闺

宝枕轻风秋梦薄。① 红敛双蛾，颠倒垂金雀。② 新样罗衣浑弃却，犹寻旧日春衫著。③　　偏是断肠花不落！④ 人苦伤心，镜里颜非昨。曾误当初青女约，只今霜夜思量着。⑤

**【注释】**

①秋梦薄：梦短易醒。秋，“秋闺”点题，明节令。此句言心神不宁，失眠。　②“红敛”句：红肿眼睑，紧锁双眉。双蛾：蛾喻眉毛。金雀：钗，金雀饰状的发钗。　③罗衣：丝织绫罗所制衣衫。浑：全。春衫：相对于“罗衣”的布衫。“春”又与“秋”相对照，亦暗切题旨。青春衣衫实即“青衿”，秀才（诸生）服也。　④断肠花不落：意谓伤心人偏偏仍活着。断肠花：暗翻李白《古风》“朝为断肠花，暮逐东流水”句意。　⑤青女：李商

隐《霜月》诗："青女素娥俱耐冷，月中霜里斗婵娟。"青女为传说中专司霜雪之神。"青女约"指相约如松柏之坚贞不屈。

【品评】

"闺思"题材，无论是"春闺"抑是"秋闺"，从来不外是怨郎君或情郎薄幸，叹一己青春空抛、红颜薄命，罕见有自责负约、自伤移情改志的。有则自清初始。时代的某些特定背景，导致传统题材的内涵启变，"闺怨"即其中一例。宋徵舆在"云间三子"中年最少，幼于陈子龙、李雯十岁，迟陈、李二十年卒。"三子"在甲申、乙酉鼎革之际，子龙赴难殉国，李、宋改志仕清。李雯卒早，宋征舆渐居要路，俯今仰昔，心情复杂，愧对故友如陈子龙者之自疚感时有涌起，这首《秋闺》就是以吞吐含蓄之笔透现内心的隐蔽境界。尽管事实已是"新样罗衣"难以弃却，"旧日春衫"无可寻复，"青女约"之误早成定谳，"断肠花不落"的怨天尤人均无法挽回"颜非昨"之势，但作者的自怨自艾并非伪饰，是真诚的。唯其真诚而又不可逆变已铸成之事实，所以，隐痛也就显得深沉。云间词人论词主"境由情生，辞随意启"的雅正婉研之旨，好以"香草美人"为寄托载体，本多情爱之写。不意陵谷变迁，陈子龙最后三数年之作尽寄以忠爱苦情，李雯、宋徵舆等则于白日歌酒流连，夜半乃自伤成为"两截人"，境由情生之旨转获致更多层面的发挥。时势推移，每多初衷始所未料者。此词意象似多陈旧，然而特定个性的情思却推陈见新，颇醒眼目。词的脉络甚细，辞既达意又能婉曲，老于传统手笔而不迂不滞，允称驾轻就熟之高手。

# 王夫之（1619—1692）

字而农，号姜斋，学者称船山先生。湖南衡阳人。明崇祯十五年(1642)举人。明亡，举兵衡山抗清，兵败赴广东肇庆入桂王政权，任行人司行人。桂林破后，退归里中居石船山下，著述以终。著有《船山遗书》三百多卷，中有词集《鼓棹初二集》、《潇湘怨词》等。其词悲凄回荡，哀情内裹，辞隐语深与辛辣冷峻兼见。

## 更漏子

### 本　意[①]

斜月横，疏星炯，不道秋宵真永。[②]声缓缓，滴泠泠，双眸未易扃。[③]　霜叶坠，幽虫絮，薄酒何曾得醉！[④]天下事，少年心，分明点点深。

【注释】

①此词牌始见于唐温庭筠所作，双调，四十六字，前片两仄韵两平韵，后片三仄韵两平韵。又名“付金钗”、“无漏子”、“独倚楼”、“翻翠袖”。　②炯：明亮。永：长。　③“声缓缓”数句：漏壶滴水声。双眸：两眼。扃：闭上，合上。　④絮：絮叨，状秋虫鸣声。

【品评】

叶恭绰《广箧中词》评王夫之词说："船山词言皆有物，与并时批风抹露者迥殊，知此方可以言词旨。"这阕小令写长夜秋声，听在耳中，击入心头，"天下事"三字使"点点深"力重千钧。结三句平直中回旋郁勃气，反卷上片则清丽缠绵之境顿觉峭然萧然，清劲见骨。

## 摸鱼儿

### 东洲桃浪[①]潇湘小八景词之三

翦中流、白蘋芳草，燕尾江分南浦。[②]盈盈待学春花靥，人面年年如故。[③]留春住。笑几许浮萍，旧梦迷残絮。棠桡无数。[④]尽泛月莲舒，留仙裙在，载取春归去。[⑤]

佳丽地，仙院迢遥烟雾，湿香飞上丹户。[⑥]醮坛珠斗疏灯映，共作一天花雨。[⑦]君莫诉！君不见、桃根已失江南渡。[⑧]风狂雨妒。便万点落英，几湾流水，不是避秦路。[⑨]

【注释】

①东洲：衡阳湘江中水洲名。　②"燕尾"句：状写江流南北分岔如翦开，燕尾形如翦。南浦：泛指水浦。　③靥：脸颊酒窝。"盈盈"句形容"桃浪"，桃花水如佳人酒窝般媚美。"人面"句用人面桃花典。　④棠桡：沙棠木所制桨，指代船。　⑤泛月：月下泛舟。莲舒：莲荷叶舒展。留仙裙：用《赵飞燕外传》事。赵婕妤迎帝于太液池，作歌舞《归风送迎》，时值风起，帝命冯无方持婕妤裙，风止，裙绉。后宫中仿之，襞裙褶使绉，名"留仙裙"。裙原作裾。　⑥"佳丽地"三句：由眼前景引发，兼指旧

都。谢朓《入朝曲》有“江南佳丽地，金陵帝王州”句。周邦彦《西河·金陵怀古》：“佳丽地，南朝盛事谁记？”仙院、丹户：俱指喻道观寺院。丹户：丹房，道士所居处。 ⑦醮坛：祭坛。醮读若“教”。珠斗：星斗。花雨：即天雨花。金陵有雨花台。典出梁武帝时法师讲经，天雨花。此两句暗喻哀悼南明诸王覆亡，以南都为代表地。 ⑧桃根：王献之妾名桃叶，妹名桃根。南京秦淮河和青溪合流处名“桃叶渡”。事出王献之歌诗：“桃叶复桃叶，桃树连桃根。相连两乐事，独使我殷勤。” ⑨避秦：语出《桃花源记》。

【品评】

王夫之《潇湘怨词》共三组二十六首，即“小八景”、“大八景”，均为“摸鱼儿”调，另“十景”用“蝶恋花”词牌。小八景作在前，即东南残明诸王相继败亡后不久，故追悼故国之意最为集中。此词全在“桃浪”之“桃”上寄托哀思，从篇首直贯收束，均紧扣“桃”之典实。“桃”即“春”之表征，而“春”则素来在词中被托喻为国运。此词在写法上与一般借景抒情不同，上片似是眼前景，又实非眼前景；下片似非眼前景，倒是未脱“桃浪”题。上片之盛况，乃想象中的往昔，繁华与留不住的“春”一起如梦如败絮吹去。下片之幽黯氛围，乃其祭奠心绪的外化渲染。船山词的托物寄意，近似后世“常州派”追求的词境，但在这两组词的结句处，即“君不见”以下各句转为出“意”明“志”，从而不致生涩。曲深与生涩原非共生物。

## 严绳孙（1623—1702）

字荪友，号藕渔，又号藕塘渔人。江南无锡（今属江苏）人。康熙十八年（1679）以“名布衣”被荐应“鸿博”试，临试因目疾仅成《省耕诗》一道退场。康熙帝玄烨以“久知其名”特擢置二等末，授翰林院检讨，与修《明史》，旋充日讲官，迁右中允，寻告归，杜门不出，以书画著述终老。著有《秋水词》，小令特佳，清逸幽婉而时见冷隽藏锋。

### 菩萨蛮

托兴之二

君恩自古如流水，梨园又选良家子。①都作六宫愁，传言放杜秋。②　　倾城争一顾，那用论缣素。③几个定横陈，丹青不误人？④

**【注释】**

①“君恩”句：用李商隐“君恩如水向东流”诗意。梨园：此处指宫苑。《唐书·礼乐志》：“明皇既知音律，又酷爱法曲。选坐部伎子弟三百，教于梨园。声有误者，帝必觉而正之，号皇帝梨园弟子。”后世则多以之指称戏曲界、戏曲行业。　②六宫：指宫内后妃住处，或泛称宫中后妃，此处用后一义。放杜秋：《南部新书》载有“杜仲阳即杜秋也。始为李锜侍人，锜败……后为漳王养母，太和三年漳王黜，放归浙西。续诏令观院安置，

兼加存恤"事,系东晋十六国时(成)汉国时的故事。此处当泛指宫中嫔娥。 ③缣素:缣是黄色绢,素是白色绢。偏正词,指素绢。 ④"几个"二句:反用毛延寿画王嫱像故事。意为即使画得再美,就一定真被皇帝喜欢?横陈:玉体横陈。

【品评】

丁绍仪《听秋声馆词话》卷二评其乡先贤严绳孙词说:"诗词尤鲜洁。《御街行》、《菩萨蛮》二词似有所讽,顾选家均遗之。"《菩萨蛮》有无讽意?有的。此一首表面层次看去,是写选宫女。后宫深似海,白发宫女的故事已够多,那是个戕害青春的幽窟。选宫女,是女性社会一大可怖事,即此一层言也已很犀利,有意味。再深一层看,显然是嘲讽"鸿博"之举。康熙帝开"博学鸿儒"科是其"文治"大业之一,后来其孙乾隆帝弘历就照抄一遍,也仿效过。"鸿博"的广征人才是为笼络、消弭汉族文人的异己之心,对东南人士尤多注意,这一点有识之士看得清楚。固然也有千方百计应征之士,可不少有风骨者拒征,不得已装病的就有好几个。严荪友不完卷退场,本期脱身的,谁知玄烨意在表示爱才,尽收所谓"江南三大布衣"之属,竟引唐人祖咏"南山阴岭秀"二十字入选的掌故,破格特取。严荪友却不大领情,此词表现的就是一种被皇权玩弄股掌之上的悲哀。"倾城"句谓那些倾国倾城的美人争着能得皇帝一顾的大有人在;至于被画像进呈的,被选中了你并不是真的宠你,冷置后宫,岂是因为"丹青误人",那是别有用心。结句冷峻之甚。严氏小令备受厉鹗称道:"独有藕渔工小令,不教贺老占江南。"当然从厉太鸿到清末谭莹的《论词绝句》的推崇,主要是欣赏他的娟娟静好之作。

## 陈维崧（1625—1682）

字其年，号迦陵。江南宜兴（今属江苏）人，陈于廷之孙，陈贞慧之子。诸生。“四十扬州，五十苏州”，飘泊湖海二三十载。康熙十八年（1679）荐试“博学鸿词”科，以一等第十名授翰林院检讨，参修《明史》，于贫病寂寥心境中三年即逝去。才情雄富，品性真率诚挚，交游遍南北。诗古文造诣皆深，骈文称大家，而尤以词雄称一世，为清初“阳羡词派”旗帜。著有《湖海楼词》三十卷，存词一千六百五十首有余。其词悲慨激越处特具霸悍精气，亦不乏清婉旖旎之篇。“重辟词家混沌天”，是为陈维崧生前已获之公论。其团聚之“阳美”词群在不到半个世纪时间里即拥有百人之多，亦史所罕闻。

### 点绛唇

夜宿临洺驿[①]

晴髻离离，太行山势如蝌蚪。[②]稗花盈亩，一寸霜皮厚。[③]　　赵魏燕韩，历历堪回首？[④]悲风吼，临洺驿口，黄叶中原走。

**【注释】**

①此词牌初见南唐冯延巳《阳春集》。双调，四十一字，仄韵。又名“十八春”、“沙头雨”、“南浦月”、“寻瑶草”、“万年春”、

“点樱桃”等。临洺驿：在河北永年县西，为古时冀、晋、豫重要通道，设驿站甚早。 ②离离：排列状，形容月夜晴空下远处如女子发髻的峰影之密集清晰。太行山：河北、山西交界处南北走向山脉，由临洺西眺即见。蝌蚪：蛙类之幼体，游弋水中动势不定。 ③稗花：稗，读若“败”。南方稻田或沼泽中杂草。北方则多旱稗，俗称“光头稗”，无芒。此处之“花”，当作视觉形象解之。霜皮：月光照着一片稗草的景象。 ④赵魏燕韩：战国时代位处冀、晋、豫地域四个诸侯之国。历历：往事分明。

【品评】

康熙七年(1668)夏，陈维崧结束“如皋八载”依冒襄的避祸寄食生涯，首次入京谋职，失望南归，取道去河南商丘其四弟陈宗石入赘的侯方域家。其时侯方域已逝世多年，侯方岳兄弟尚在。农历十月间，途经临洺驿投宿，夜色苍凉，他俯仰今昔，感慨百端，愤懑之情潮涌。这里原是征战攻伐不绝的古战场，不堪回首的岂只是“赵魏燕韩”？就在不到三十年前，此地烽火浴血，是怎样地惊心动魄。抗“后金”于冀中并壮烈殉身的名将卢象昇正是陈维崧的从姑父辈亲长。也就是这场山立海飞的社稷大崩溃，导致他这个故明世家子弟“风打孤鸿浪打鸥”地成为似同黄叶一片，凄惶踯躅于中原腹地。秋风萧瑟，寒气凛冽，词人真正是情何以堪！上片写眼中景有特点二：一是静物见动势。山势在跃动“如蝌蚪”，线条腾越，与“晴髻”意象，恰好动静、刚柔相济。二是质感毕现，月色下荒凉芜野的景感在“一寸霜皮厚”中予人以沉重感，“霜皮”之寒意也即沦肌浃体而入。动势出灵警，质感透有力度，陈维崧的词笔雄劲固毕见；更重要的是其心底的激荡情思藉此旋起，满纸风霜。倘若再细体味，“蝌蚪”、“稗花”，原皆南方水乡多见物，今用以为词之意象，此中正有作者浓重的乡思情。飘泊羁旅中最易勾动乡思，何况其身世际遇犹如黄叶飘转于天涯！“悲风吼”，人们不难从这吼声中听到词人的郁勃心音。

## 沁园春

### 题徐渭文《钟山梅花图》，同云臣、南耕、京少赋[①]

十万琼枝，矫若银虬，翩如玉鲸。[②]正困不胜烟，香浮南内；娇偏怯雨，影落西清。[③]夹岸亭台，接天歌板，十四楼中乐太平。[④]谁争赏？有珠珰贵戚，玉佩公卿。[⑤]
如今潮打孤城。只商女船头月自明。[⑥]叹一夜啼乌，落花有恨；五陵石马，流水无声。[⑦]寻去疑无，看来似梦，一幅生绡泪写成。[⑧]携此卷，伴水天闲话，江海余生。

**【注释】**

①徐渭文：名元玠，渭文系其字，阳羡名画家，亦工词。为前明宰相徐溥裔孙。有选本误以为"徐渭"，与青藤山人相混淆者。云臣：史惟圆之字，史氏号蝶庵，别署荆水钓客。其乃"东林"名宿史孟麟之孙，著有《蝶庵词》。南耕：曹亮武之号，亮武字渭公，维崧表弟，著有《南耕词》。京少：蒋景祁之字。蒋氏著有《罨画溪词》等，并编成《瑶华集》，为清初著名大型词选。又与曹亮武等合辑《荆溪词初编》。以上三人均阳羡词派重要成员，皆系宜兴人。　②琼枝：指代梅花。高启咏梅诗有"琼枝只合在瑶台"句。银虬、玉鲸：一形容梅树枝干横斜如游龙。虬：龙之一种。一形容梅朵怒放如鲸之戏水，喷射浩瀚。"银"和"玉"则均指雪状，梅开于雪中。　③南内、西清：均指代宫苑。一泛指朝政中枢大内，一泛指御苑清净之所。梅花山在明孝陵前，故兼有陵寝意。"香浮"、"影落"云云切合梅之暗香、疏影特

点，形容花之清丽状态，种种不胜娇美。④十四楼：据《静志居诗话》载：“明制南北都各立教坊司，北有东西二院，南有十四楼。”徐渭文所图以想象重现旧京繁华，故画与词均极意渲染。⑤珠珰：耳饰以明珠称珰。⑥“如今”二句：化用刘禹锡“潮打孤城寂寞回”、杜牧“商女不知亡国恨”句意。⑦“叹一夜”诸句：概言亡国之痛。五陵石马：指孝陵前之石马石翁仲，尽阅沧桑之变。⑧生绡：生丝织成之薄绸。古代画有绢本、纸本多类，此处泛言之以指代画幅。

【品评】

陈廷焯《白雨斋词话》卷三评此词说：“情辞兼胜，骨韵都高，几合苏、辛、周、姜为一手。”这对好言迦陵词病在疏犷者自是一次反拨，陈维崧原非不能密丽者。唯仅仅从词之气体章法论之，“情辞”、“骨韵”仍不易辨审，专就师法前人言词，尤难探迦陵词心。故需略述本事。康熙十年（1671）间徐渭文去南京，陈维崧有《赠徐渭文序》，嘱这位“以诗文书画自表异者”应一访“畸人而隐于绘事”者如龚半千等，言外之意显然，此游有一吊故国之意。徐氏归，成《钟山梅花图》，旋即在阳羡词人间掀起一场题咏殆遍的凭吊活动。这实际上是一次借图哭陵的举止，遥祭明孝陵也。陈维崧此词中“寻去疑无，看来似梦，一幅生绡泪写成”诸句，最称集中地揭示了他们共怀的苦情。这阕题画词深沉之意有三：一是哀痛于“一夜啼乌，落花有恨”的故国沦亡；二是怨慨于“接天歌板”的苟安“乐太平”，这无疑指点是弘光小朝廷；三是抨击“珠珰贵戚，玉佩公卿”之误国。马士英、阮大铖等怂恿朱由崧荒淫无耻，在当时即已为“复社”清流所愤怒，陈维崧们对父师的遗训记忆犹在。然而这一切，在词中又无不紧扣画意。上片极写梅花之矫洁，反衬“困不胜烟”云云之软媚恬嬉，系以冷写热，构成观照。下片则转入哀凄之思，强化表现出画面之冷色调，实即词心之寒苦味。上片笔墨偏多渲染昔日之虚浮繁华，愈反跌出下片抒露今日的“泪写成”之痛苦。词情几番折叠，构思极缜密。唯其如此，陈廷焯始有所谓“合苏辛、周姜为一手”之评。周邦彦词以密丽见称，姜夔则以清峭胜。峭就是骨力，就是有棱芒。陈维崧当然不是临笔时在谋“格”，在想师何“法”。以情遣辞，调动平素艺术积累，运以才气，一吐块垒，不名一家，自成其为横绝一世之开山手，这就是《湖海楼词》本色。

## 醉落魄

### 咏　鹰[1]

寒山几堵，风低削碎中原路。[2]秋空一碧无今古。醉袒貂裘，略记寻呼处。[3]　　男儿身手和谁赌？老来猛气还轩举。[4]人间多少闲狐兔！月黑沙黄，此际偏思汝。

**【注释】**

①此词牌即“一斛珠”，北宋晏几道始改称“醉落魄”。一斛珠，双调，五十七字，仄韵，初见李煜词集中。又名“一斛夜明珠”、“怨春风”、“梅梢雪”、“章台月”、“醉落拓”。　②堵：座。几堵：谓四周几面皆山。　③袒：敞开衣襟，袒露一臂。貂裘：貂皮所制皮袄，泛指皮裘衣。　④轩举：意气飞扬。

**【品评】**

此阕咏鹰词，实系对“鹰”的召唤之吟。陈维崧召唤的是一种精神，一种力量，其悲慨激越之情和暗伤老大之哀全渗透于这一声声的召唤中。词情的基点是末句“此际偏思汝”。思，也即追念，追念则正是眼前无有。所以，词起首二句是追思想象中之景观，愈将这想象中之物写得灵动、神武、美伟，愈见出思念之急渴、神往、魂牵梦萦，也愈能表现期待未得的失落感之严重。咏鹰之作，正面写鹰只一句"风低削碎中原路"，这一句又是去形取神，从气势上着笔，而且还是回思想象中的威势。但有此一句已足够，七个字将鹰所特具的挟风霜的凌厉之气和惊人力度充分写足，笔底似能听到风声、裂石碎路的搏击声、霸悍的翱翔呼啸声！然而，鹰在哪儿呢？"秋空一碧无今古"句是想象与现实的扭结处。碧天长空原是无今无古的，从来都是雄鹰展翅的广阔背景和历史舞台，可是"古"有雄风，"今"何以不见了？"醉袒"两句是对秋空怅望的补足，"略记寻呼处"恰恰是寻呼不到的表述。同时，这两句又是上下片启承接续处，词人在过片、换头的艺术处理时是极高明的。由此而言，这"醉袒貂裘"。放浪形骸的豪气和失落感兼具的形象岂非正是"湖海楼"主人？词的下片回答了何以急切召唤"鹰"的原因：月黑沙黄的昏沉人间，到处狐兔横行！一个"偏"字，传述出执拗、执着以至强项的心性。在这"此际偏思"的追念时，"风低削碎中原路"的气势和景象是怎样鲜明地又浮起眼前着？下片换头两句意最深沉。"男儿"句是搏击精神的具体论证，在这辨认过程中，"鹰"与"我"获得交汇之点，对"鹰"的召唤何尝不是内心的自我召唤？但是，世无英雄呵！是什么历史原因造成的？尽管"老来猛气"依然风发，然而谁来召唤？至此，失意侘傺，与现实社会的逆向间距明确抒露。论者每易注视陈迦陵的旷放或狂犷艺术情性，而轻忽其意蕴顿挫，筋脉盘转处，前人以"声色俱厉"四字评此词，即是明例。

## 虞美人

### 无　聊①

无聊笑捻花枝说：处处鹃啼血！②好花须映好楼台，休傍秦关蜀栈战场开。③　　倚楼极目添愁绪，更对东风语：好风休簸战旗红，早送鲥鱼如雪过江东！④

**【注释】**

①此词牌名原系唐教坊曲，调初见《花间集》。又名“虞美人令”、“一江春水”、“玉壶冰”、“巫山十二峰”、“宣州竹”、“忆柳曲”。双调，五十六字，两仄韵、两平韵。　②捻：用手指轻拈略带转动。不能解为搓动，否则与惜花心绪不合。鹃啼血：杜鹃鸟据云啼鸣时有血红水流出。　③秦关蜀栈：陕西一带多关隘，蜀中则古栈道盘亘山岭间，故云。　④簸：摇动，此处作吹拂。江东：古时江东概念屡有变易。此处指长江芜湖段以东地域。鲥鱼：每年春三四月间由江海交汇处溯江洄游，密集于江阴一线以下，很少继续上游。其鳞细密银白，故游动时有“如雪”之感。鱼中美味最称者。

**【品评】**

此词题目直书《无聊》，似有意，若无心。无心者意其截取首句二字为题，并无他意。然而此举本可不必，词牌下无题之作历来多有。说是有意，则为强调。问题是“无聊”有什么可强调的？何谓无聊？是一己无聊懒散，抑是世事无聊令人厌恨？足堪玩味之。据清稿本编年程序可考知这阕《虞美人》作于康熙十三年(1674)春。其时就词人而言，正处于“五十苏州”的落魄侘傺境地，心绪百无聊赖；而时世呢，适值“三藩”战乱，两湖告急，陕、甘、川各省原系吴三桂部属之提镇大员纷纷倒戈反清，人民复陷于血火中。陈维崧对这场战争持厌恶态度，屡见于词。由此而言，“无聊”者，愤怼之情的冷潮形态表现语，是无疑的。词也以很少见的寓激楚于舒缓语势的手法写出，一起手以轻拨重，似是漫不经心，自言自语，实则跌宕起伏，沉郁情味深浓。上片的关键处是“花”与“鸟”的对应转换。陈维崧捻的花显然就是杜鹃。同名“杜鹃”的花与鸟，前者为美物象征，后者则是泣血凄苦的化身。词人同名联类地展开思绪。“说”字凝重之极，想象中的“处处鹃啼血”一“说”出，那个“笑捻”之“笑”影陡然淡化隐去，哀苦之情涨起。“须映”、“休傍”的嘱语所包裹的铅沉之心已可按知。下片由相嘱而抬头向苍天，思维空间延展，形成祈愿之“语”。祈愿是严肃的，可是语言表达方式出奇地匪夷所思。“休簸战旗”与“早送鲥鱼”竟然成为对应意象，一句凝重，一句轻快。然而细一想，这轻快何尝是玩笑？“东风”即“春风”，春风乃“好风”，好风就应造福而不该摧残众生。“鲥鱼”，美好意象，正应东风节令。如果说今人以橄榄枝与大棒、和平鸽与钢盔相观照，是一种意象创造的话，那么三百年前的陈髯已是开例在前了。你不能不为词人举重若轻的构想击节。此词在充分运用该词牌九字句式所特具的舒展而多波折的音调美上也值得体味。他把上下片组成对偶复叠形态，反复咏叹，感染力自然协和地袭来。两句促节短拍，两句延缓悠长，感喟和祈祷交错复合，深见匠心。

## 贺新郎

### 纤夫词

战舰排江口。正天边、真王拜印，蛟螭蟠钮。①征发棹船郎十万，列郡风驰雨骤。②叹闾左、骚然鸡狗。③里正前团催后保，尽累累、锁系空仓后。④捽头去，敢摇手？⑤

稻花恰称霜天秀。⑥有丁男、临歧诀绝，草间病妇。⑦"此去三江牵百丈，雪浪排樯夜吼。⑧背耐得、土牛鞭否"？⑨"好倚后园枫树下，向丛祠、亟倩巫浇酒。⑩神佑我，归田亩"！⑪

**【注释】**

①"真王"句：康熙十二年（1673）吴三桂叛，自号周王。清廷派顺承郡王勒尔锦为"宁南靖寇大将军"，讨伐吴逆。次年又遣简亲王喇布为"扬威大将军"镇江南。"真王"者，对应伪王也。陈维崧既厌恶伪王，于"真王"之称亦不无调侃。蛟螭：龙种之一，亲王帅印之钮上雕蟠螭状。　②棹船郎：船夫、水手。棹：船桨。风驰雨骤：形容各郡（府）地方上急如星火地行动，似狂风暴雨般袭侵民间。　③闾左：古时二十五户为一闾。又居左侧者为贫民。"骚然"句：鸡犬不宁。　④里正：唐制百家为里，设里正一人。此泛指乡村头目。团、保：均指地方户籍编制单位。累累：多貌，捆绑成串。　⑤捽：揪，读若"昨"。　⑥"稻花"句：稻禾正吐穗。秀：吐穗抽花。　⑦临歧：临分手、分别。诀绝：生离死别。　⑧三江："三江"有多说，或泛指江、皖、赣三省界之长江段，或谓指湖南岳阳之"三江"，即湘水、长江、洞庭湖汇合口。以纤夫拉纤及下三字"牵百丈"云，当指沿长江一路

宽广义之“三江”，表现水程艰苦状。樯：船桅杆，指浪高激击船身。 ⑨土牛鞭：此处即指鞭打。用《魏书·甄琛传》中“背似土牛，殊耐鞭杖”语义。土牛：即春牛。 ⑩丛祠：荒祠，乡间破败之土地庙之类。亟倩：急请，赶紧请。巫：神婆、巫婆之属。 ⑪“神佑”二句：祈神灵保佑生还家园。

【品评】

战争最直接的遭殃者首先是贫苦民众。陈维崧这年春天在《虞美人》词中祈祷“春风休簸战旗红”，谁知到秋天，宜兴所在的常州府属各县邑乡村已是鸡飞狗跳，一片骚乱。吴三桂军队占领长沙、岳州后，正沿长江向江西推进，清“八旗”兵大抵骁勇于陆战而不谙水性，于是急需练水师，在江南抽丁以充棹舟、拉纤诸役，宜兴地处苏、皖、浙交界，境内有东、西二氿，水面开阔，沟通太湖和皖江水段，故成了一个操练基地。阳羡词人写有不少关于练水师情况的词篇，迦陵这阕“纤夫词”最称扛鼎之作。词的上片起首五字已暗示战舰造就，船伙乏人，而战事的肃杀氛围也浓重透出。接着由远到近，由上到下，由大到小，从整体大面积写到具体的一个个男丁，最后着重以特写镜头对准一对“临歧诀绝”之夫妇。“真王”拜印，来自“天边”，是王权中枢威临全局，统摄江南。“十万”之数与“列郡”空间，概括了宁、镇、常州、苏州各府各道各州全面被动员。到各团各保，则已是地毯式席卷四乡，“累累”系锁谷仓，足见数量之大只能就地关押。地方官吏、里正与团保之头的趁火打劫、横行霸道在字里行间可清楚看出，一个“捽头”动作，一句“敢摇手”的描述，男丁所遭虐待足能想见。下片“稻花”句点出时令，既与上片“空仓”照应，又表明此时丁男全被抓去，田禾将何以收拾？隐伏的连锁灾难还在后头，老弱妇孺将何以生存？陈维崧在下片运用对话杂独白的语式，写一对农家夫妇的凄苦诀别，完全是创变手法。“此去”三句，病妇忧丈夫难以经受苦役鞭打和风急浪高的危险，一腔惊恐，生离即死别的哀恸尽在这二十字中；“好倚”以下是丁男的嘱咐，被灾难惊悸得几乎麻木情状，唯求神灵保佑的心态，立见纸上。最后六个字似是对其病妇说，又若心底默祷，祈求上苍。词的体式，受词牌格律严加制约，最难叙事。然而陈维崧却有情节、有细节、有场面、有氛围、有人物、有心理描述、有对话地以叙事为主，间以抒情与议论（如“叹闾左、骚然鸡狗”云云），在长短句倚声之体中发挥出与《三吏》、《三别》一般的功能，确是令人惊奇叹服。

## 夏初临

### 本意癸丑三月十九日，用杨孟载韵①

中酒心情，拆绵时节，瞢腾刚送春归。②一亩池塘，绿阴浓触帘衣。柳花搅乱晴晖，更画梁、玉翦交飞。③贩茶船重，挑笋人忙，山市成围。　蓦然却想，三十年前，铜驼恨积，金谷人稀。④划残竹粉，旧愁写向阑西。⑤惆怅移时，镇无聊、掏损蔷薇。⑥许谁知？细柳新蒲，都付鹃啼。⑦

**【注释】**

①此词牌原名“燕春台”，始见张先词中。刘泾因黄裳有夏宴词，故改作“夏初临”。双调，九十八字，平韵。癸丑：康熙十二年（1673）。杨孟载：即明初“吴中四杰”之一的杨基，孟载是他的字。杨基曾作过《夏初临》（瘦绿添肥）词。“用……韵”：即次韵。　②中酒：病酒，醉酒。拆绵：绵指柳絮，拆绵是柳絮飞扬。瞢腾：昏沉迷茫状。瞢，读若“蒙”。　③玉翦：喻指燕子。

画梁：彩绘雕饰的屋梁。 ④铜驼：诗词中每用以指喻国都宫苑。典出《晋书·索靖传》："靖有先识远量，知天下将乱，指洛阳宫门铜驼叹曰：会见汝在荆棘中耳。"金谷：晋石崇豪富，筑有金谷园，位于洛阳西之金谷涧。 ⑤竹粉：竹竿上如霜样白粉，新竹多有。 ⑥惆怅移时：在怅惘中时光不觉移迁，表示时间过程。镇：整日、长久地。掏：敲击。一本作"掐"，用手指甲刻入，切断花瓣，亦通。 ⑦许：语气助词。此句意为有谁知我心？

【品评】

此词题目既作"本意"，即咏"夏初临"景观，又添上"癸丑三月十九日"云云，显得累赘、突兀。然而此中正有作者复杂心绪和微妙用意。"本意"不足尽词心，其作用与"用明杨孟载韵"同，借其外壳而已。不然，孤零零在题面上只剩"癸丑三月十九日"，太刺目、太犯忌讳。农历三月十九日，乃崇祯帝朱由检自缢之日。在清初，对遗民及他们的子弟来说，这一天乃是国丧忌日，也成为社稷沦亡的同义意象。遗民诗人们曾写过大量"三月十九"的伤悼之作，后来大都删芟了，词中则很少见。现在时隔三十年再拈这题目很需要一点勇气。所以，这第二个题目不能删除，把握了题意，词心也就毕见。作为一篇"心祭"文字，点题处在下片"蓦然却想"。上片形似切写"夏初临"、春已归之本意，实则是从时空变迁上渲染人事沧桑。时间最能淡化情绪、消泯心头创伤。不是吗？你看"山市成围"，还不是照旧时过境迁，一派平和气象？然而正是这块盛产茶、竹的太华山脉地区，当年是怎样的经历着血火洗劫呵？宜兴在顺治二年(1645)是江南抗清最激烈的县邑之一。由此而言，"山市"句与"玉翦"句，即燕子的年去年来，乃至时令的绿肥红瘦，全是下片的铺垫。一起首的借酒浇块垒，"瞢腾"的心态，其实都是为"三十年前"而哀挽。"蓦然"云云只是跌宕其情而已。所以，上下片是统一的，上片貌似舒缓、轻淡的景物暖色之写，原是借形（景）传神（情）。传统的“伤春”、“闲愁”形态被翻用来表现故国情，却又不类同于“寄托”手法。寄托法是整个词面皆为外壳，此词则是实景实情，目中所见，心中所感化合一体，纯以神行，无艰涩味。因而，这阕“本意”词只需悟解上片，词心词境固是握得，词的运笔灵动处亦可辨及。

## 尉迟杯

### 许月度新自金陵归，以《青溪集》示我，感赋①

青溪路，记旧日、年少嬉游处。②覆舟山畔人家，麾扇渡头士女。③水花风片，有十万珠帘夹烟浦。泊画船、柳下楼前，衣香暗落如雨。④　　闻说近日台城，剩黄蝶濛濛，和梦飞舞。⑤绿水青山浑似画，只添了几行秋戍。⑥三更后、盈盈皓月，见无数精灵含泪语。⑦想胭脂井底娇魂，至今怕说擒虎。⑧

【注释】

①此词牌有平韵、仄韵两体。仄韵始见柳永《乐章集》，平韵见晁补之《琴趣外篇》。双调，一百五字。此处所选者为仄韵体。许月度：宜兴人，隐逸高士。《青溪集》系其所著，中多记叙南明弘光政权覆亡后南京劫难破败景象。　②青溪：位在今南京城东北部，即三国时吴所凿之“东渠”。绕经明故宫区。《寰宇记》谓“溪泄玄武湖水，南入秦淮”。溪原九曲南流，后多淤堙。　③覆舟山：在南京太平门外，北俯玄武湖。麾扇渡：秦淮河东段渡口，在镇淮桥附近，晋时顾荣于此麾羽扇临敌，故

名。④“衣香”句：谓衣香袭人如雨雾，密集浓郁感。⑤台城：南京古城墙一段，在鸡鸣山南畔，今解放门一带。东晋、南朝梁之台省等中枢宫苑所在地。濛濛：迷濛一片状。⑥浑：简直。秋戍：军伍警戒守驻。⑦盈盈：明媚貌。精灵：阴魂。⑧胭脂井：位在台城内鸡鸣山麓。即南朝陈景阳井。隋灭陈朝时大将韩擒虎破台城，陈朝后主陈叔宝与宠妃张丽华等据谓藏匿此井内，被擒获。

【品评】

陈维崧的祖父陈于廷是以南京左都御史削籍归里的，此前，维崧少时随父亲陈贞慧一起曾经在南京住过多年，公馆位近鸡鸣埭。所以，对明末南都的繁盛貌有其具体的感性印象。许月度是位高士，徐喈凤《雨淋零·哭许月度》词有“楚些欲赋还止。展君卷帙，精魂如接”语，可以想见其人。康熙十二、十三年(1673、1674)之间，许氏以古稀之年再至金陵，凭吊故宫旧址所在青溪一带，此事触发词人俯仰今昔，不胜故国之哀。词的章法，上片写昔时景象，极见其盛，以映现下片萧瑟肃杀氛围，属常规结构组合。其佳处在意象择选的灵警，故两幅画面对照反差鲜明，色彩——主要是感情色彩浓烈。前暖后冷，一阳和一阴森，花气袭人和“和梦飞舞”，形象凸现。于是“十万珠帘”与“无数精灵”的逆向转化所导致的艺术力量振起。而对遭殃最酷烈的女性们的被铁蹄蹂躏的愤慨，作为收束，则最深刻地回应着“衣香”句，“秋戍”者的刀斧悍横情状不写而写之。“黄蝶濛濛”二句与“无数精灵含泪语”是清初词中著名警句。

# 何　采（1626—1700）

字第五，一字敬与，又字涤源，号南磵，一号省斋。安徽桐城人，明末大学士何如宠之孙。顺治六年（1649）进士，改庶吉士，授编修，官至侍读。少年高第，傲岸诙谐，遭嫉同侪，旋即引退，归隐金陵以终。著有《南磵词选》二卷，存词四百七十余首。其词不涉绮靡，类多恢奇警策之作，嬉笑怒骂尽出，为词史不多见。

## 柳梢青

### 枭

莫厌枭鸣。山人衣白，载酒曾听。如拍悲笳，如吹商笛，①如轧哀筝。　　不随燕燕莺莺。也不学、时禽变声。明月清风，繁霜积雪，四季三更。

## 又

### 鹊

不解呀呀，何曾呖呖，只管喳喳。对闷人暗，对闲人默，对闹人哗。　　惯绐儿女人家。②趁昨夜、红灯结花。怜比猧儿，③爱同蟢子，④恼杀慈鸦。

【注释】

①商笛：古时分音级为五：宫、商、角、徵、羽。商音凄厉。 ②绐：诓骗。读若“怠”。 ③祸：小犬之一种，养以为玩弄的宠物。读若“蜗”。 ④蟢子：即蠨蛸，蜘蛛之一种，俗称“喜子”，见之以为吉祥。

【品评】

诗词中的咏物一体，贵在取物之神，物为我用。所以，物我相融，“我”从“物”见，始称佳构。

咏物，原是抒情形态之一种。枭，俗称猫头鹰，向被恶名；鹊则人呼为喜鹊，历年视之乃吉祥鸟。何采《柳梢青》二题却偏偏赞肯前者而讥嘲后者，迹似做翻案文章，实系有感而发。

枭何以可赞？意其“也不学、时禽变声”，不取媚于世，不随风转向，随波逐流。而鹊之可厌，正在其唧唧喳喳，不仅饶舌，而且惯以迎合心理、或诓骗之言为邀宠进身手段。要能激浊扬清，需耐得寂寞，耐得清夜寒苦，咏枭一阕下片特以浓重笔墨点染之，恰可反跌出“鹊”之居人篱下，取悦士子行径之可悲可鄙。至若“如拍悲笳”三句显然是词人以“枭”自拟的心态表现。

清初文人中类多与前朝有深远渊源关系，在顺治初年恢复科举取士时，其中有不少在各种具体背景下应试入仕，旋又及早抽身而出。此类文士大都深怀旧巢已破，新枝难栖之凄惶怅惘感，同时又颇多较为清醒，力求人格自我完善、洁身自好者。何采中年后即持此心志。

# 朱彝尊（1629—1709）

字锡鬯，号竹垞，晚号小长芦钓师，又别署金凤亭长。秀水（今浙江嘉兴）人，明大学士朱国祚之曾孙。顺治二年（1645）清兵入浙，一度参与抗清事。十三年（1656）起远走岭南、云中、通潞，历为幕宾。康熙十七年（1678）以“名布衣”应“鸿博”征召，翌年春中式授翰林院检讨。康熙二十二年（1683）入直南书房。中经浮沉，于三十一年（1692）告归乡里，著述以终。长于经义研考，诗与王士禛并称“南朱北王”。词名尤著，为“浙派”宗师，有《眉匠词》、《静志居琴趣》、《江湖载酒集》、《茶烟阁体物词》、《蕃锦集》等。又辑编《词综》三十四卷。其词以清空醇雅为审美旨归，宗尚南宋姜夔、张炎一派。一生词创作成就以“江湖载酒”时期为高，《琴趣》情爱之为亦多佳构。

## 高阳台

吴江叶元礼，少日过流虹桥，有女子在楼上，见而慕之，竟至病死。气方绝，适元礼复过其门，女之母以女临终之言告叶，叶入哭，女目始瞑。友人为作传，余记以词。①

桥影流虹，湖光映雪，翠帘不卷春深。一寸横波，断肠人在楼阴。②游丝不系羊车住，倩何人、传语青禽？③最

**难禁，倚遍雕阑，梦遍罗衾。　　重来已是朝云散，怅明珠佩冷，紫玉烟沈。[4]前度桃花，依然开满江浔。[5]钟情怕到相思路，盼长堤、草尽红心。[6]动愁吟，碧落黄泉，两处谁寻？[7]**

**【注释】**

①此词牌名最初见蒋捷《竹山词》。又名“庆春宫”、“庆春泽慢”。双调，一百字，平韵。叶元礼：名舒崇（1640—1678），字元礼，号宗山。叶绍袁之孙，为叶世侗长子，嗣于世偁后。康熙十五年（1676）进士，官中书舍人。诗名与叔叶燮（谱名世倌）并著。少时飘零，长而英敏博雅，丰神潇洒。流虹桥：在吴江县同里镇。　②一寸横波：横波指称美人目。一寸，或谓目广一寸。故有“秋一寸”之说，即秋波一寸。倘联系于目乃心之窗，则“一寸横波”复有一瓣爱心之意。该女子“见而慕之，竟至病死”，故词情紧扣此“见”字而有“一寸横波”句，非泛言女子容颜之美甚显然。断肠人：伤心绝望人。　③游丝：春日飘漾于草木中之晴丝，晴丝谐音为“情思”。羊车：指代美男子。典出《晋书·卫玠传》：卫玠风神秀异，“总角乘羊车入市，见者皆以为玉人”。青禽：青鸟，传说能传信息。　④“重来”三句：极言佳人已亡，如朝云散、明珠冷、紫玉沉。三个意象典出《高唐赋序》（宋玉）、《列仙传》（刘向）、《搜神记》（干宝）。　⑤“前度桃花”句：用唐人崔护诗“人面不知何处去，桃花依旧笑春风”句意，伤悼之语也。江浔：江边。　⑥“草尽红心”句：谓愿生前未能一倾之相思情尽化为红心草。此代述叶元礼所祈愿和企盼，见草色皆红心，犹见痴女子之魂。红心草典出《异闻录》：“王生梦侍吴王，闻葬西施。生应教为诗曰：‘满地红心草，三层碧玉阶。春风无处所，凄恨不胜怀。’”　⑦碧落黄泉：天上地下。

【品评】

这是一阕以记叙之笔写哀艳之情的佳作。记叙而不板实，写情能见沉挚，无浮艳习气，具清灵情韵。叶元礼遇到的是个痴情女，但叶氏又并非是个轻薄儿或无情郎。于是这幕爱情悲剧也就不落世所习见之常套，横隔在痴儿女之间的无形的礼教杀人之势被当事人和词作者有意无意地显形人间。因为此乃“时事”，其认识意义较小说家言自也强得多。词的上片纯从女子心态着笔，虚中见实：“翠帘不卷”是痴迷，“在楼阴”是痴苦，“游丝不系”是痴怨，“倩何人”是痴待，“倚遍雕阑”是痴望，“梦遍罗衾”是痴梦，无句不写女子痴情，一片痴心跃动字里行间。与上片相较，下片以清疏笔势写叶氏怅惘失落心绪，切合一个无意之中与痴情女在人间失之交臂的男儿情性。同时，那无意之中伤害着一个佳女子的歉疚心情，以及企待心魂之沟通于冥冥中的复杂心灵活动亦被深沉写出。应该说，叶元礼也是个多情善良者，有此友人一《传》、一词，就其个人言已足报谢该女子于九泉的，他无愧于为沈宜修冢孙、叶小鸾姐妹之侄，才而痴原是吴江叶氏之家风。朱彝尊当然也是高明的，此词组练精工而不密涩，笔底溢情，整篇灵动。《白雨斋词话》说他能“艳而不浮，疏而不流，工丽芊绵而笔墨飞舞”，以这阕《高阳台》衡之，洵非虚誉。

## 桂殿秋①

思往事，渡江干，②青蛾低映越山看。③共眠一舸听秋雨，小簟轻衾各自寒。④

【注释】

①此词牌名取自唐李德裕送神迎神曲的“桂殿夜凉吹玉笙”句。单调，二十七字，平韵。 ②干：即岸，江边。 ③青蛾：形容女子眉黛。越山：嘉兴地处吴越之交，故云。 ④舸：小船。簟：竹席。衾：被子。轻衾即薄被。

【品评】

朱彝尊一生都珍视着其与小姨冯寿常的那段恋情，编诗集时独不删《风怀》二百韵，表示宁可死后没资格入祀孔庙两庑，即所谓不吃冷猪肉，也要保留之。《静志居琴趣》中相当一部分作品与《风怀》诗一样，是那铭心刻骨的情事的记录。《桂殿秋》忆念的是顺治六年(1649)朱竹垞随岳父家从练浦迁居王店途中初相暗恋的往事。仅只二十七字的小令中，写尽微妙之心理活动，而且从白天写到通宵。词共两个层次，一是视觉表现，二是听觉和肤觉表现，而诸种感觉集中起来实皆心态感知而已。“青蛾”句之妙，在于将“我”之“看”藏掩于“青蛾”与“越山”的映合中，你说我在看她？哪里！我在看山。我在看山吗？那山焉有此“青蛾”美？我何尝要看山！历来诗人们以青蛾与山黛互拟，朱氏却运以为饱餐秀色的技术处理。时时似在看山，实则时时在看她。“听秋雨”是不眠时听觉感知，“轻衾各自寒”是通过肤觉表现不眠通宵。失眠者被必寒，时间感受由此推移而出。“共眠一舸”却“各自寒”，乃可望不可及发展到可感知而不可及。白天犹得“见”，夜深唯能“听”，用一颗火热的心在冷被窝里听。“各自寒”，意味着他俩已进入了“目成”阶段，心相默契。所以，当“各自寒”之时，秋雨打篷声其实也已听不到，各自心中都听到的是对方的呼唤。况周颐《蕙风词话》以为此阕单调小令是金风亭长最佳之作，是有眼力的。如此痴爱之写，却又不见字面直露，全在一“看”、一“听”、一“寒”中传出；而全部复杂难言之心绪也仅凭一“共”、一“各”字之对相观照间抽引，诚是不凡之圣手。

## 卖花声

### 雨花台①

衰柳白门湾，潮打城还。② 小长干接大长干。③ 歌板酒旗零落尽，剩有渔竿。　　秋草六朝寒，花雨空坛。更无人处一凭栏。燕子斜阳来又去，如此江山。④

**【注释】**

①此词牌即"浪淘沙令"别名。浪淘沙令制自李煜，系改造唐人七言断句"浪淘沙"而成。此调李清照易名"卖花声"，又有"曲入冥"、"过龙门"、"炼丹砂"等名。双调，五十四字，平韵。雨花台：在江苏南京中华门外。《江宁府志》载："梁云光法师讲经于此。凡讲经，天雨花如雪，故名其台。"　②白门：南京指代名，始见六朝刘宋时，唐人诗中已屡见用。湾：江之湾，泛指南京江边。　③小长干、大长干：南京地名。古时称山间平地为"干"，见《吴都赋注》刘逵注语。　④"燕子"句：意人事剧变而景物依然。暗用刘禹锡《乌衣巷》诗"旧时王谢堂前燕，飞入寻常百姓家"句意。

**【品评】**

南京旧称金陵，在清初已成为敏感的城池，也几乎变为文学作品中特定的意象。这里既是明太祖开国定鼎之都，又是孝陵奉安所在，更是南明福王朱由崧弘光政权覆亡之地。再往前推，六朝兴亡，在这这块土地上演出过多少历史活剧，而陈后主败亡之际，"隔江犹唱《后庭花》"的情景在朱由崧小朝廷如出一辙地再演过，荒淫无道、腐朽无能则绝对有过之而无不及。于是，借六朝陵替故事以抒眼前家国兴亡正是极妥帖的外壳。此外，秦淮歌酒场、风流窝不仅是金陵盛衰的历史见证地，而且其本身的荣枯就是政治风云的标志。何况由明入清的文人名士们大都在这桨声灯影的水阁歌榭间有过一段难以忘怀的情史。所以，凡此一切的烟云幻变，莫不可勾起无限伤感和不尽的兴亡话题。朱彝尊这阕《卖花声》也属于上述系列的吟叹，只是它鲜明地带有"浙派"宗师的艺术个性印痕，这就是"一半是空中传恨"式的不落言诠的清空摇曳风神。词题是咏雨花台，词情实与此台很少关联，词人只是借以登临，展开思维活动，唯一点染处乃"花雨空坛"句，藉其表现时空迁变。朱彝尊运笔过程是从空间上由大及小，自远及近，视线焦点落在大小长干街巷，那是社会景观包括人文演化的集聚处。写自然景原是为衬现社会情。上片以"歌板酒旗"与"渔竿"的反差意象作为收束，就是收束在时世变易上。是怎样的变易，不明写，去意会。下片承续"剩有渔竿"而再拓开，展示一种历史命题上的吟叹。全词唯"零落尽"三字较著痕迹，其余字面上大抵无感情色彩，指政治性倾向色彩。然而其所构成的境界却能让知人论世的读者们感受到此中有"故国不堪回首月明中"的情意在。此即浙西词派的清空审美情趣和朱彝尊"空中传恨"的手法。

# 屈大均(1630—1696)

字翁山,初名绍隆,字骚余,又字介子,广东番禺人。顺治三年(1646),清兵陷广州,次年大均投入抗清斗争。事败,赴肇庆。七年(1650)清兵再陷广州,大均为僧逃亡,法名今种,字一灵。康熙元年(1662)返儒服,历游塞边、关中、东南。后恢复无望,归隐乡居。以诗名,为"岭南三大家"之一。词有《骚屑》,又名《道援堂词》。其词以雄豪健举胜,有风云气,陈维崧评之为"豪气轶于生马"。

## 长亭怨

与李天生冬夜宿雁门关作①

记烧烛雁门高处。积雪封城,冻云迷路。添尽香煤,紫貂相拥夜深语。②苦寒如许!难和尔,凄凉句。③一片望乡愁,饮不醉,垆头驼乳。　　无处问长城旧主,但见武灵遗墓。④沙飞似箭,乱穿向、草中狐兔。那能使、口北关南,更重作、并州门户?⑤且莫吊沙场,收拾秦弓归去。⑥

**【注释】**

①此词牌一名"长亭怨慢",南宋姜夔自度曲。双调,九十七字,仄韵。李天生:名因笃(1631—1692),字子德。陕西富平人。康熙十八年(1679)举"鸿博",授检讨。雁门关:长城要隘

之一，位于山西代县北雁门山上。 ②香煤：煤炭。古代女子以炭画眉，故称。紫貂：指紫貂毛皮所制裘衣。貂：兽名，皮毛珍贵。 ③难和尔：和，唱和。尔：你。 ④武灵遗墓：战国时赵国第一代王赵雍之墓。雍号“武灵王”。墓在代郡灵丘县。这段长城据云为其始建。 ⑤口北关南：张家口以北，雁门关以南。并州：即今山西太原地域。 ⑥秦弓：始见此弓名于《九歌·国殇》：“带长剑兮挟秦弓。”归去：指南归，秦弓则是北地利器。

【品评】

康熙五年(1666)冬，屈大均与新妇王华姜婚后不久，其时复明之图尚未弃。此词纵横排奡，豪气仍沛。“凄凉”者，非徒羁徒望乡，实系故国之哀。携“秦弓归去”，很有誓死矢志的悲凉意。词表现有大漠风云之势，但景为情转，写实是次要的。他一扫倚声家常语套话，纯以气韵运转，遣情毛锥下，力感与奇趣并溢。紫貂夜拥，驼乳代酒，均属画境。然又精炼凝重尽出以白描淡墨。口语写来，生气活力，触纸振飞。“沙飞”二句实中有虚，想象神驰，带出“口北关南”之议论，就无生硬味。屈大均曾说：“《易》以变化为道，诗亦然。”其作词亦贯此“道”。岭南词人真正得雄直风神者，舍大均外，难举其偶。

## 梦江南

### 四首选二①

悲落叶，叶落落当春。② 岁岁叶飞还有叶，年年人去更无人。红带泪痕新。

## 又

悲落叶，叶落绝归期。纵使归来花满树，新枝不是旧时枝。且逐水流迟。

【注释】

①此词牌始见唐人作。单调，二十七字，平韵，即“忆江南”。又名“安阳好”、“江南好”、“步虚声”、“思晴好”、“春去也”、“望江南”、“望江梅”等等。 ②“叶落落当春”句：落非其时之意，犹如俗语“黄梅不落青梅落”云。

【品评】

屈大均北游时，与王华姜结缡，王氏系明将官之后，琴瑟和美。康熙七年(1668)秋携同归，一年后始抵岭南故里。方及半载，华姜病逝，词人大悲恸。当春落叶，人去无人，句句流自心底，新枝旧枝之哭，语浅而情深。“且逐水流迟”，是心期语。意为时光会淡化一切记忆，似水流年，新旧更变；我祈这种无可忘怀的忆念不要随逝水消去！反过来说，也即逝水淡化不了这创痛。《蕙风词话》评此五字说：“含有无限凄惋，令人不忍寻味，却又不容已寻味。”对这组词也有以为“寄托”对南明永历帝朱由榔之哀挽的，桂王十年前遇害，悼之不亦太晚了么？或以“新枝”拟吴三桂，大均恐不会誉此逆藩为“花满树”的。屈大均诚然在吴三桂起兵初，曾从之任广西按察司副司，那是想凭借其力图恢复，迅即窥见吴氏野心，遂绝去。须知朱由榔正是被三桂穷追至缅甸，俘还绞死的。将桂王与三桂并视为“旧枝”和“新枝”，岂不同等于“金枝玉叶”，焉有“野心”之谴可言之？故后一说，无法自圆。

# 万　树（约1630—1688）

字红友，一字花农，号山翁，江南宜兴（今属江苏省）人。国子监生，康熙十八年（1679）后居吴兴祚幕下，由闽而转粤。精词之声律，成《词律》二十卷。并著有《香瞻词选》，骋情写意，刚柔兼擅，并多创奇之格。世以曲家名之，词名多有所掩。

## 杨柳枝[①]

不合临池起画楼，断烟疏雨叶飕飕。[②]谁能数得垂杨叶？一叶垂杨一点愁。

**【注释】**

①此词牌原系教坊曲名，本唐人七言绝句体。单调，二十八字，平韵。　②飕飕：象声词，风雨打叶声。画楼：绣房闺楼。

**【品评】**

“杨柳枝”调历来多咏“本意”，“本意”又皆言愁。熟题老话，不只出新难，要写真挚情思也不易。这首小词出新裁心意，将本是无形难状的“愁”化为有形可感，并从特定的意蕴中界画出它的数量感。起句“不合”的埋怨实是无理，为什么临池不能起“画楼”？然而“愁”已从无理之责中透出。坐在楼内无聊愁闷，原期凭栏散散心，谁知楼畔即池塘，塘边皆杨柳，烟笼雨飘的杨柳犹如一团团难解的愁绪，愈令人看了心烦。不看岂能不烦了，还有“飕飕”风雨声，风吹雨打杨柳叶声。人、情、物、理，化成一团塞在心间，耳目之间又无不感受到愁之苦涩。他没有直说愁有多大多浓，而是说“谁能数得垂杨叶”？垂杨之叶固无穷数，无法数，更有甚者，那垂杨之叶在断烟疏雨中飘拂池水，犹如泪默滴愁般洒向池中，这一池绿水也就与杨柳倒影和下滴雨水，共化为一泓凄凄之愁，这质感够具体的。从而再回味首句“不合”二字，则愈转觉得无理之间倒很有理，楼、池、柳三者之间因为这一“不合”安排，使得其愁沉重难起。经此一辨味，发现二十八字无一字虚设，无一字可减易。下字之准确，如以“疏”写雨，叶始能发飕飕声，狂风密雨则杨柳不成声，池中也映不出一切，“临池”之“池”的意象遂落空，或减其内涵。愁的内涵，万树不言，是乡愁、别愁？是失志侘傺，还是中年丧偶（他遭此不幸）？均由读者去自辨。这极容易被误会为常规式的春愁秋怨一类模式。一旦知人论世，会发现此中有无尽家国之苦深隐心底，诚如这组《杨柳枝》另几首所写的“白门朱桁无穷树，唯有垂杨是六朝”。万树之父万濯甲申殉难淮安，亲舅父吴炳则是南明永历帝之大臣，“尽忠”于湖南。自己一生飘泊，最终是子女皆无，萧条之境为阳羡词群中最惨者。

# 夏完淳（1631—1647）

原名复，字存古，号小隐，又号灵首、灵胥。松江华亭（今上海市松江）人，夏允彝之子。年甫十二，即已千言立就，抵掌谈国事。乙酉清兵南下，从其父师夏允彝、陈子龙起兵抗清，鲁王朱以海遥授以中书舍人职。被执殉难时年仅虚龄十七岁，为罕见之早熟英才。著有《玉樊堂集》等，存词四十一阕。国变前多冶游拟作，生命最后两三年间所作，沉郁壮慨之情一借悱恻之韵，堪垂千秋。

## 一剪梅

### 咏　柳

无限伤心夕照中，故国凄凉，剩粉余红。金沟御水自西东，昨岁陈宫，今岁隋宫。[①]　往事思量一晌空，飞絮无情，依旧烟笼。[②] 长条短叶翠濛濛，才过西风，又过东风。

【注释】

①金沟：御沟，御河，上有金鳌玉蛛桥，故简言之，水即沟中水。陈宫：陈朝宫殿；隋宫：隋朝宫殿。隋炀帝曾筑长堤植万柳。　②一晌：一转眼。晌：不多久，读若“赏”。

【品评】

此词从人、事、物三者观照中哀伤家国之亡。物，无情之柳年复一年，“才过西风，又过东风”，落絮枯黄，逢春又发；事，故国倾垮，似水东流，“剩粉余红”，触绪神伤。人，生逢哀世，目睹先朝犹如“昨岁陈宫，今岁隋宫”一般，重演历史悲剧。物之无情，益托出人之一片苦情；物之无情，今日点缀“陈宫”，明日点缀“隋宫”，尤显现忠爱痴情的无以排解的凄楚。人在时空中本应是万物之主，然而身际家国破败之时，面对无动于衷的物象，只觉得空茫无着，无能为力。人不如柳，痛苦可想而知，但是人的崇高、人的灵性，又岂非正在有痛苦？所以，咏柳系借柳之无情以返观一己痴苦，全篇除首句“伤心”字样外，纯以意象结撰，词体小令，容量见大。叠句“昨岁”、“今岁”；“才过”、“又过”，承上是似断而续，启下则绵悠深长，余意曲包。

# 曹贞吉（1634—1698）

字升阶，又字升六，号实庵。山东安丘人。康熙三年(1664)进士，授内阁中书，出为徽州府同知，内召礼部郎中，以疾辞归。早年以诗名都下，系“金台十子”之一。后以词尤著称于世，著有《珂雪词》。其词雄深苍茫，感慨百端，为清前期一大名家。

## 留客住

### 鹧　鸪[1]

瘴云苦。[2]遍五溪、沙明水碧，声声不断，只劝行人休去。[3]行人今古如织，正复何事关卿？频寄语：空祠废驿，便征衫湿尽，马蹄难驻。　　风更雨，一发中原，[4]杳无望处。万里炎荒，遮莫摧残毛羽。[5]记否越王春殿，宫女如花，只今唯剩汝。[6]子规声续，想江深月黑，低头臣甫。[7]

**【注释】**

①此词牌原系唐教坊曲名，始见柳永《乐章集》。双调九十八字，仄韵。　②瘴云：南方深山密林有毒气谓“瘴”，其气每呈彩色云雾状。　③五溪：湘西、黔东北地域有雄溪、横溪、西溪、沅溪、辰溪五条江水，古称五溪，见《水经注》。“只劝”句：鹧鸪啼鸣声若“行不得也，哥哥”。故诗词中每以此“禽语”借喻

之。 ④一发中原：句出苏轼《澄迈驿通潮阁》诗。意为远眺中原隐约仅见青山如发丝。每用以喻边陲之人思念中原心绪。 ⑤遮莫：尽教。 ⑥“记否”三句：化用李白《越中怀古》诗“越王勾践破吴归，义士还家尽锦衣。宫女如花满春殿，只今唯有鹧鸪飞”句意，坚信其弟曹申吉之未降吴三桂。 ⑦臣甫：杜甫诗中每自称“臣甫”。又杜诗有《杜鹃》一首云：“我见常再拜，重是古帝魂。”杜鹃鸟又名子规，相传系古蜀国望帝之魂所化。此三句以想象之词，表现其弟一片忠爱心，正卧薪尝胆般泣血于黔滇之“江深月黑”之境。

**【品评】**

此词每被误解为吊南明永历帝朱由榔之作，乃是不明词本事之故，其实曹贞吉所苦者为其弟曹申吉。申吉字锡余，号澹庵，幼其兄一岁。顺治十二年（1655）成进士时，年仅二十一。康熙十年（1671）出任贵州巡抚，两年后吴三桂叛清，尽俘黔滇督抚，申吉行迹不明，或传“附逆”。“浙西六家”之一李良年原居曹申吉幕下，“三藩”乱起前，先期出黔得免陷。李氏曾作《鹧鸪怨》五古三首怀申吉，康熙十五年（1676）入京又作《留客住·鹧鸪》哀念之，曹贞吉此词正系酬和之作，藉以一吐难以尽言之深苦情愫。此外又有《满庭芳·闻雁》、《青玉案·雁字》皆痛感于手足生离死别、难相沟通。

起句三字既从地域空间上紧扣湘黔特定之“境”，一“苦”字复沉重地提起全篇，其声似是鹧鸪啼出，复似词人抚案长吟，更似想象中其弟所叹。开篇即已物“我”合一。“五溪”句补足“瘴云”寓意：别看那儿“沙明水碧”，实是险象环生、危机四伏，原是个去不得的地方呵！“遍”字将啼声从空间上渲染，哀鸣周遍，满耳皆是。接着以反问顿挫一句，行人如织，何以行不得，“何事关卿”？答以一串意象，暗示西南近二三十年来战乱频仍，一片荒凉，一片杀机。吴三桂即以平滇灭永历政权进驻滇黔，王霸于此的。词下片转为悬想之笔，既忧其弟定陷“摧残毛羽”之境，更愤舆论诬申吉“附逆”之妄，意手足同胞必忠爱不泯，如当年杜甫之失陷安禄山军中无异。于是词情由哀苦变悲壮，转凄怨为慷慨，咏物之唱愈益深化其意，笔致亦缴足灵动。前人谓曹贞吉词得“神光离合”之美，“神光离合”者即擅于“化”。此阕咏鹧鸪，时而为第一人称“我”，时而为第二人称“汝”，时而又为第三人称的“物”，三者离合惝恍，遥思殷忧与悲慨激愤融汇并见。本篇咏物系运用“兴”之手法，故“物”在抒情过程中每“化”而隐却。顺便说明，曹申吉于“三藩”乱平后定为“逆臣”，雍正朝撤销此谳，乾隆朝追祀入“忠烈祠”。

## 王士祯（1634—1711）

字贻上，号阮亭，又号渔洋山人。初名士禛，因避雍正帝胤禛之讳曾被改作士正，乾隆时命改士祯。新城（今山东桓台）人。顺治十五年（1658）进士，初授扬州府推官，调内累官至刑部尚书，乾隆朝追谥“文简”。著有《衍波词》。王士祯为清初诗坛宗师，倡“神韵说”，领袖一代。词为前期所作，调离扬州后，即绝口不言词。其词清隽处类其诗，恻艳之作则追摹“花间”。

### 浣溪沙

红桥同箨庵、茶村、伯玑、其年、秋崖赋之一。①

北郭青溪一带流，②红桥风物眼中秋。绿杨城郭是扬州。　西望雷塘何处是？③香魂零落使人愁。澹烟芳草旧迷楼。④

**【注释】**

①红桥：扬州城西北二里处，朱红桥栏，故名，为一名胜景点。箨庵：袁于令之号，江苏吴县人，著名戏曲家。茶村：杜浚之号，流寓江东，原籍湖北黄冈，著名诗人。伯玑：陈允衡之字，江西建昌人，名诗人。其年：即陈维崧。秋崖：朱克生之号。朱克生（1631—1679），江苏宝应人，诗人，有《秋崖诗文赋钞》

等。　②北郭：城北。外城称“郭”。　③雷塘：扬州西北地名，曾改葬隋炀帝杨广于此，汉唐时称“雷陂”，至宋代已湮废。　④迷楼：隋炀帝幸扬州时所筑行宫，也在扬州西北隅。

**【品评】**

“绿杨城郭”成为文化古城扬州的符号标志，当功归渔洋。写山水写城郭，贵在抉住特点，揭出神魂。所谓特点和神魂，其实就是个性、独异性，不可移易性。扬州有不少佳丽风光，可以有种种描述，但“绿杨城郭”四字最能显现其清丽、平远、如梦似雾的城池人文特征，即自然的与社会的景观。古城都有一部可供后人心阅的历史，盛衰兴替，悲欢哀乐，任人咀嚼。何况前不久此地曾经受震惊九州的屠戮残酷的杀劫。王士祯眼中见的是秋之“风物”，心里想的是历史的“风流”，景色依然，风流早逝，毋论是该褒抑是该贬，一样“零落”。他的聪明是不落言诠。略点“雷塘”、“迷楼”即不失雅韵、感慨，又无碍时事。让人们各自去辨味“绿杨城郭”所渗出的淡淡的愁思即可。

## 顾贞观（1637—1714）

字华峰，号梁汾，谱名华文，江苏无锡人，晚明东林党领袖顾宪成曾孙。顺治中与同里严绳孙等结“云门社”，康熙初入京以诗受知于大学士魏裔介，考选秘书院典籍，康熙十年（1671）落职归里。十五年（1676）复进京，馆明珠家，与纳兰性德为执友。纳兰卒，还里中著述三十年以终。著有《弹指词》二卷，其词风格清劲明爽，不雕琢，不柔曼。

### 青玉案[①]

天然一帧荆关画，[②]谁打稿，斜阳下？历历水残山剩也。[③]乱鸦千点，落鸿孤咽，中有渔樵话。　登临我亦悲秋者，[④]向蔓草平原泪盈把。自古有情终不化：青娥冢上，东风野火，烧出鸳鸯瓦！[⑤]

**【注释】**

①此词牌名取自汉张衡诗句“何以报之青玉案”。初见苏轼《东坡乐府》。又名“西湖路”、“横塘路”、“青莲池上客”。双调，六十七字，仄韵为正格，变体则字数有增减者。　②荆关：荆浩、关仝，唐末五代画家，工山水。　③历历：分明。水残山剩：意为山河破碎，金瓯残缺。　④悲秋者：伤心人。语出《楚辞·九辩》“悲哉秋之为气也”。　⑤青娥冢：王昭君墓。据传大漠多白草，唯昭君墓独青。鸳鸯瓦：由两瓦爿一俯一仰合成

者名鸳鸯瓦。此处用温庭筠诗句“野土千年怨不平，至今烧出鸳鸯瓦”意，为怨情不化意象，三句相贯。

【品评】

顾贞观营救吴兆骞生还事，向为词史所誉，然又讥其不若乃兄顾景文高卧不起而早早出仕，有愧父祖。明亡时，其祖与淳、父枢均殉节，叔柄死于乙酉起义。其实此苛论乃疏于考证之故，不合知人论世宗旨。甲申明亡，贞观方九龄，固不可能赴义，而其康熙初入京夤缘魏裔介及此后作宾明珠家，全系为生死骨肉交吴光骞事奔突斡旋。这首《青玉案》以及他的《夜行船·郁孤台》等词最能得其心迹，亦系探《弹指》词心词境之钥匙。此词作于去湖北楚黄官署探其姊顾贞立时，大抵在顺治末年前后。那是个烽火未熄，疮痍遍地的年代。上片前三韵，一扬一抑间，词人深沉悲慨情思已溢见纸端，其伤乱忧国之心毕见。乱鸦落鸿是残水剩山的感受补写，渔樵话则就是兴亡史。下片变客观描述为主观抒写，集焦点在“自古有情终不化”之“化”字上。《青玉案》上下片均有一个七字独韵句，为全片承转关捩处，最富意蕴。情不化者，一若苌弘血碧、精卫衔石，至此一切心迹尽在“不化”中。结之以鸳鸯瓦，青娥冢，凝结心头之怨苦被意象烘托得极凄厉极悸动，也极见凄艳之美。上下片结以三个相应观照之句，效果均佳。顾氏词似平直却折褶多层，不多藻饰而美境自具，于浏亮句韵中见顿挫，曲深意厚，由此足见一斑。

## 金缕曲

寄吴汉槎宁古塔，以词代书，丙辰冬寓京师千佛寺冰雪中作。[①]

季子平安否？[2]便归来、平生万事，那堪回首？行路悠悠谁慰藉？[3]母老家贫子幼。记不起、从前杯酒。魑魅搏人应见惯，总输他覆雨翻云手。[4]冰与雪，周旋久。[5]

泪痕莫滴牛衣透。[6]数天涯、依然骨肉，几家能彀？[7]比似红颜多薄命，更不如今还有。只绝塞、苦寒难受。廿载包胥承一诺，盼乌头马角终相救。[8]置此札，君怀袖。[9]

## 又

我亦飘零久。十年来、深恩负尽，死生师友。宿昔齐名非忝窃，试看杜陵消瘦。[10]曾不减、夜郎僝僽。薄命长辞知己别，问人生到此凄凉否？[11]千万恨，从君剖。

兄生辛未吾丁丑，共些时冰霜摧折，早衰蒲柳。[12]词赋从今须少作，留取心魂相守。[13]但愿得河清人寿。[14]归日急翻行戍稿，把空名料理传身后。[15]言不尽，观顿首。

**【注释】**

①吴汉槎：吴兆骞（1631 — 1684），字汉槎，吴江人。顺治十四年（1657）江南乡试中式为举人，是科舞弊案发，吴被诬牵连罹祸，流放黑龙江宁古塔。十六年（1659）出塞，到康熙二十年（1681）经纳兰性德、徐乾学兄弟等醵金为之援新例赎放生还。丙辰：康熙十五年（1676）。千佛寺：在北京马鞍山，即戒坛寺，寺有千佛阁，故名。　②季子：春秋吴季札称“延陵季子”，兆骞吴姓，且又行四，故以之指代称之。吴兆骞上有三兄：兆

宽，兆宫，兆宜。伯仲叔季，季，排行第四。 ③悠悠：遥远，漫长。慰藉：安慰依靠。 ④魑魅搏人：指被鬼蜮小人陷害。杜甫《天末怀李白》诗："文章憎命达，魑魅喜人过。"搏：此处有袭击、偷袭意。据吴兆骞之子吴振臣《秋笳集跋》等，大抵可知诬陷兆骞者为当年"慎交社"中同人，嫉恨所致。覆雨翻云：形容翻覆无常，诡谲难测。 ⑤"冰与雪"二句：被陷结局。收束上片。 ⑥牛衣：粗乱之麻所编织的衣服。《汉书·王章传》载：王章贫困时，卧牛衣中与妻对泣。 ⑦"数天涯"句：吴兆骞妻葛采真于康熙二年(1663)到宁古塔随戍，在塞外十余年生一子四女。彀：即够。几家能够？是宽慰语，意为更有惨于你的，与下句"更不如今还有"相承。丁酉科场案以及二年后"通海案"遭祸人数既多，际遭残酷。 ⑧包胥：申包胥，春秋时楚大夫，与伍员(子胥)交好。伍员为报父仇，决意灭楚，包胥则表示"我必存之"。后楚危，申包胥誓践诺言，泣请秦援，以诚感动秦哀公，出师救楚。此处"包胥"作为信守诺言的意象表现，是顾贞观自明心意。乌头马角：乌头白，马生角。本指不可能实现事，此处表示决心，虽难为仍誓为之，百折不挠。"乌头马角"典出《史记·刺客列传》及《索隐》，秦王扣燕太子丹，丹求归，答以"乌头白，马生角，乃许耳"。 ⑨"置此札"二句：意为置此信物，必践所诺，从精神上支撑兆骞。 ⑩"宿昔"句：顾、吴早年齐名，始结识于顺治十一年(1654)。忝窃：凑合，虚假。杜陵：杜甫自称"杜陵布衣"。与下句"夜郎僝僽"指李白流放夜郎(今贵州)相对应，意谓两人交谊如李杜。消瘦：李白曾戏赠杜甫诗说杜甫"别来太瘦生"。僝僽：烦恼、折磨。 ⑪薄命长辞：指贞观自己悼亡。《弹指词》中《金缕曲·悼亡》词，编次在这两首后。知己别：指与吴氏远隔长别。二件恨事。 ⑫辛未：崇祯四年(1631)。丁丑：崇祯十年(1637)。些：量词，表示不定数量。此处"共些时"，意为"这些年来"。蒲柳：自来有"蒲柳之姿，望秋而落"语，蒲柳即水杨，摇落最早。这两句谓：你我在不同时空里共受折磨，都早衰之甚。 ⑬“词赋”二句：劝勉珍摄语，意为勿多伤神。吴兆骞早工词赋。 ⑭河清人寿：祝祈语。黄河清，是祥瑞，喻指生还。 ⑮行戍稿：指写在戍地的诗文词赋。今传吴兆骞《秋笳集》八卷，取名即与行戍边地，长闻悲笳的心境相关。

【品评】

这是清词中素称感人肺腑的绝唱之作。如果追索其所以成为绝唱，作一分解的话，那么，一，吴兆骞以“江左三凤凰”之一的高才，竟被诬害为科场舞弊人，成为清廷威劫江南汉族士人的典型牺牲者，在绝塞苦寒中葬送掉一生才华，可说其事绝惨。二，顾贞观“廿载包胥承一诺”，定要“乌头马角终相救”，不惜以身事人，屈心求援。他那种义无反顾地为良友生还奔波，诚可谓是其义绝高。三，此词“以词代书”，“浓挚交情，艰难身世，苍茫离思，愈转愈深，一字一泪”（《赌棋山庄词话》评语），则是其情绝真。事惨，义高，情真，为绝唱所不能或缺其一者。所以，顾贞观在二词之后的附语必须作为整体一部分来读，是绝唱艺术撼动力的佐证：

> 二词容若（按即纳兰）见之，为泣下数行，曰：“河梁生别之诗，山阳死友之传，得此而三。此事三千六百日中，弟当以身任之，不俟兄再嘱也。”余曰：“人寿几何？请以五载为期。”恳之太傅（按即明珠），亦蒙见许，而汉槎果以辛酉入关矣！附书志感，兼志痛云。

这是一段追记，“兼志痛云”，是其时吴兆骞、纳兰性德先后于康熙二十三年（1684）、二十四年（1685）病逝，上距“辛酉入关”仅三四年时间。“以词代书”是创格，后来颇盛行，但正如谢章铤所说：“后来效此体者极多，然平铺直叙，率觉嚼蜡，由无深情真气为之干，而漫云‘以词代书’也。”“深情真气”，是词心的基干，绝调千古全赖此撑柱，说得精辟。《白雨斋词话》对此二词也有段很透彻的评论:“只如家常说话,而痛快淋漓,宛转反复,两人心迹,一一如见。”“二词纯以性情结撰而成。悲之深,慰之至,丁宁告诫,无一字不从肺腑流出,可以泣鬼神矣。”值得注意的是“告诫”,告诫什么?“词赋从今须少作”也,顾贞观确是寓深意于篇末,他俩之间能默契的。

# 金人望

字道驺，一作道州，号留村，江南安东（今涟水）人。康熙十一年（1672）副贡，二十一年（1682）注选广西马平知县，后改陕西长武令。康熙三十八年（1699）聘充乡试同考官，晋甘肃庄浪同知，卒于官。著有《瓜庐词》。其词激越中时出冷峻芒角，放胆无忌，并世罕见。

## 贺新郎

### 答潼关吏

拦马当头诘："讶年时，一官来此，今胡而出？① 若有人兮弃印走，赫赫皇家之律！君遮莫、挂冠逋客？② 鸟雀由来飞不过，纵囊轻、何故缄縢密？③ 狐白裘，终难匿！" 我今约略为君述："最堪怜、到官三月，便遭褫斥。④ 卖到琴书皮骨尽，那得千金之腋？⑤ 幸免税、愁吟半集。"⑥ 听去道旁哄一笑，便扬鞭、急走魂俱失。回首望，云如墨。

【注释】

①胡：为何。 ②遮莫：莫要是。逋客：逃亡者。挂冠：挂乌纱帽，弃官。 ③缄縢：封口云"缄"，缠绕扎束谓"縢"。读若"坚藤"。狐白裘：银狐、白狐之毛皮所制衣。匿：藏。 ④褫斥：即褫革，褫夺衣冠，开革功名。此外谓革去现任官职。"褫"读若"齿"。 ⑤腋：此特指兽腋下之毛皮，所谓"集腋成

裘”。 ⑥半集：半册，半部。

【品评】

清初淮阴地区人文荟萃，阎再彭等结“望社”名动大江南北，万寿祺等则流寓终老于此间。金人望年序略迟，与阎若璩同辈交游，若璩为再彭之子。汪森、“浙西六家”之一的沈皞日与金氏称词界知音。这是个“三仕一令”、两遭诖误，专与大僚抬杠的不合时宜人。其词每多嬉笑怒骂，藉以一吐“风尘之恨，歧路之悲”。这阕“答潼关吏”即其长武令之任不数月就忤上司被撤职南归时所作。写法系用辛稼轩《沁园春》“戒酒”问答词和《八声甘州·读〈李广传〉》笔意而神韵自具。上片问，下片答，问答之间互补互辩，用简驭繁，似疏而密，容量开拓至宽。通篇白描赋法，其落魄去官，满怀孤愤之倒霉人形象极传神以出。上片潼关吏之揶揄口吻，实即词人之嘲世风；下片诙谐情韵中悲慨心绪毕见。词自然舒卷，真气满纸，未尝作慷慨激昂之势而其势已寓见于冷峻调侃语间。“生无媚骨”，“考当下下”，他在另一阕同调词中表述的屈身冷衙，持板折腰的才人羁缚的心绪，在这首与潼关小吏仗势欺压作风相对峙的妙语中倾泻披露得最具体生动，令人读来趣味盎然。

# 孙朝庆

字子英，号云门，江南宜兴（今属江苏）人。康熙二十一年（1682）进士。著有《望岳岳词》，已佚。今存见《荆溪初集》等选本中得八阕，词风雄犷，为“阳羡词派”一作手。

## 满江红

### 过　黄　河

怒浪如山，正急桨，黄河争渡。看滚滚、来从天上，建瓴东注。① 手挽狂澜原不易，石填大海终何补？最堪怜、断岸泣遗黎，悲难诉。②　　待议浚，茫无路；待议塞，浑无绪。问年来谁是，济川才具？③ 细雨绨袍全湿透，斜风破帽惊吹去。④ 恁艰辛、犹自喜身闲，同鸥鹭。⑤

**【注释】**

①来从天上：语出李白《将进酒》：“黄河之水天上来。”建瓴：高屋建瓴，状黄河上游下注气势。东注：东流。　②遗黎：指水灾幸存下来的黎民百姓。　③济川：治黄，治河。才具：才能，干材，指人。　④绨袍：绨，厚缯，粗袍。　⑤恁：如此。

**【品评】**

漕运和治黄，是康熙朝二大事，它关系到经济命脉。然而岁靡金钱无数，却毫无治本之计，特别是治河事。浚疏与塞流两派治水之策的大僚们，互相攻讦争斗，与中枢权力党争相依附，更是一派乌烟瘴气，苦的自然是老百姓。孙朝庆此词重点在抨击人祸，据蒋景祁《瑶华集》，"看滚滚"以次的句子是："知几费、增卑培薄，补苴拮据。竹楗空营鱼鳖宅，金钱只助蛟龙怒。"更为写实，语势也劲急。下片锋芒集中抨击无能的官吏。"谁是济川才具"的诘问，既嘲弄了议浚议塞者的莫衷一是，也引出一己牢骚，有才具愿济世的却被闲置。这种对照，无需更多议论，人祸之害已深化。渡头竞流，是熟题目，不知有多少套话摇笔即来，此词熟题生做，而且小题大做，发大议论大感慨，是"新乐府"精神在倚声领域的又一具体表现。词的不事藻采，骋心而写，自如流畅又气度宏阔，笔势充沛，则为阳羡词人群擅长之处，与传统的词审美习惯很不一样。

# 蒋景祁（1646—1695）

初字次京，改京少，一作荆少，江南宜兴（今属江苏）人。贡生。才华早著而淹蹇不遇，“两度京华，三年湘汉”，失意归里。著有《罨画溪词》，另有《梧月词》久佚。其词师事甚广，惟得乡前辈陈维崧风格为多。所编《瑶华集》为清初大型词选最称佳善者。

## 瑞鹤仙

### 慈仁寺松[①]

何年冰雪贮？[②]看烧节为烟，团枝作麈，沧桑几经度。[③]对伊浑不记，金元风雨。苍然如许。听涛声、鳞鬣夜怒。[④]未须愁、化石空坛，莫便吟龙飞去。[⑤]　　无据。王孙草尽，贤士台荒，大夫封处。[⑥]衣冠太古。青磷夜、赤虬语。[⑦]叹支离相伴，一篝佛火，沸彻僧寮鱼鼓。[⑧]做年年、送客长亭，销魂此树。[⑨]送客广宁门者，率置酒松下祖饯。

**【注释】**

①此词牌初见于宋周邦彦《片玉词》。双调，一百零二字，仄韵。又名“一捻红”。慈仁寺：在北京广安门内大街北，广安门原名广宁门，道光间避清宣宗旻宁讳始改今称。寺址本辽代报国寺，明初圮，成化二年（1466）重修，名慈仁寺。戴璐《藤阴

杂记》卷七云："殿前双松，当时已称数百年物，东一株高四丈余，偃盖三层，涛声满天；西一株仅二丈余，低枝横荫数亩，鳞皴爪攫，以数十红架承之。"清初"诸大宅第皆在城西，往游甚便"，故咏吟特多。又据张贞《渠亭山人半部稿·慈仁寺偃松记》及其他诗文集可确知，康熙二十年（1681）起先后枯槁。之所以枯槁，张氏说："自慈仁寺开市以来，估客多列肆其下，烟火之所熏灼，人气之所呵蒸，足迹之所践踏，松已不胜其憔悴。而名公巨卿、四方文士来游者，倚树而吟，攀条而叹，摩挲拂拭，皆不能无损于松性。然后知松之摧残于侮辱者半、摧残于爱惜亦半，故卒至于腐坏澌尽，泯灭而无遗也。"此记不仅有助蒋氏词理解，而且殊有足供玩味处。 ②"何年"句：意为你的冰雪风骨何年构成的呀？ ③"看烧节"三句：谓此松历经劫波和磨难。烧节：松枝烧出烟墨，为制墨上品料。麈：麈尾，即拂尘。以松枝作拂尘，典出《南史·张讥传》。沧桑：沧海桑田，时世大变迁。 ④鳞鬣：松皮似龙鳞，松枝松针如须鬣。 ⑤"未须愁"三句：谓松已阅尽沧桑而仍将不会离世而去。空坛：松旁有石坛。化石：木化石。 ⑥王孙草尽："芳草王孙"语出《楚辞·招隐士》。贤士台：即黄金台，战国时燕昭王时筑。大夫封处：指泰山五大夫松，据说乃秦始皇所封。以上三句均谓富贵荣华均不可能永驻。五大夫松早已为山洪拔失。而慈仁寺松则如一介寒士依然在。 ⑦青磷：萤火。赤虬：指松。 ⑧支离：《研北杂志》载鲜于枢得一怪松名"支离叟"。支离，形体不全整状。一篝：一竹灯笼。佛火：寺中灯烛火。僧寮：僧房。鱼鼓：木鱼、鼓二种法器。此处均言其声。 ⑨销魂此树：树下如长亭，别者都黯然神伤于此。

【品评】

此为蒋景祈和陈维崧同调词，作于康熙二十年（1681）前。就写实言他先于张贞对慈仁寺松的同情爱怜，而更重要的当然是托物抒情，一吐胸中的积郁。蒋氏少时随父蒋永修宦居京师，三十岁前后又寓京多年，对世态变幻、苍狗白云感受极深，故藉咏松而一吐块垒。这是一阕借助古今时空的延续角度来抒述慨然于怀的心歌。他从慈仁古松虽寂寞冷处于京华，不若“五大夫松”般荣显，但坚贞自守，冷眼阅世，精神矍铄。在涛声如怒中获得一种心灵的寄凭和慰藉，慨然中有自足和自傲，骨力挺峭。在“物”、“我”之间，时而相离，时而投合，不露痕迹地发抒心声。所以，词境幽愤而不显现凄厉状，郁勃气浓却不衰飒，此为《罨画溪词》固有的特点。片段之间的承合很严密，上片写足古松人格化，下片融入的词人一已的感受衬托得更透灵：甘尝冷遇，旁阅世态，耿介、清高、凄清的心态具现。“我”的契入“物”，深化物象情性，密合浑化，一气呵成。

# 纳兰性德（1654—1685）

初名成德，字容若，号楞伽山人。满洲正黄旗人，纳兰明珠之子。康熙十五年（1676）进士，选授三等侍卫，寻晋为一等。著有《通志堂集》，词先有《侧帽》一集，后增补为《饮水词》，后人汇辑本则称《纳兰词》，今存三百五十首左右。又与顾贞观合辑《今词初集》一选，为清初人词选中著名之本。纳兰性颖敏，多愁善感，不类贵介公子。词风真挚自然而多凄恻哀艳，悼亡之作尤称绝调。向有满洲词人第一之誉，为清词大家之一。

## 长相思[①]

山一程，水一程，身向榆关那畔行，夜深千帐灯。[②]
风一更，雪一更，聒碎乡心梦不成，故园无此声。

**【注释】**

①此词牌原先系唐教坊曲名，始见《全唐诗》。双调，三十六字，三平韵，一叠韵为正体。又名“山渐青”、“吴山青”、“长相思令”、“长思仙”、“青山相送迎”、“相思令”、“越山青”、“忆多娇”、“双红豆”。仄韵者名“叶落秋窗”。　②榆关：即山海关。

**【品评】**

清初词人于小令每多新创意境。这首《长相思》以具体时空推移过程，及视听感受，既表现景象的宏阔观感，更抒露着情思深苦绵长心境，允称即小见大之佳作。上片在“一程”又“一程”的复叠吟哦中，展示出与家园的空间阻隔不断地随着时间推移而严重增大，空间感与乡情构成尖锐冲突。正在这种行进方向和心绪逆反背离中驻营夜宿，“夜深千帐灯”，似是壮伟景观，实乃情心深苦之写。白日行军，跋涉山水，何以夜深时仍灯火通明，难入梦乡？思乡失眠！于是转入下片乡情思恋之笔。“一更”又“一更”的重叠复沓，于听风听雪的感觉中推移着时间过程，时间感知由于乡情的空间阻隔而心烦意乱，怨夜太长。说“聒碎乡心梦不成”，其实是乡心聒碎梦难成，情苦不寐，只觉得风声雪声，声声扣击入心窝，难以承受，在“故园”时哪有这种令人痛苦之声响？将主观因素推诿客观，语似平淡，意更深沉。此类迁怒归咎于风雪声写法，心理情态被充分表现出。看似无理，反见情痴，愈是无理之怨，其怨愈显沉重。叠句和数字“一”、“千”的运用强化着视、听觉感受中的焦虑，怨怼，幽苦，亦是此词值得辨味的佳处。纳兰身为一等侍卫，却极厌烦“扈从”公差，于是构成传统羁旅题材的又一种类型。

## 沁园春

丁巳重阳前三日，梦亡妇澹装素服，执手哽咽，语多不复能记，但临别有云：“衔恨愿为天上月，年年犹得向郎圆。”妇素未工诗，不知何以得此也？觉后感赋。[①]

瞬息浮生，薄命如斯，低徊怎忘？[②]记绣榻闲时，并吹红雨；[③]雕阑曲处，同倚斜阳。梦好难留，诗残莫续，赢得更深哭一场。[4]遗容在，只灵飙一转，未许端详。[5]　　重寻碧落茫茫，料短发朝来定有霜。[6]便人间天上，尘缘未断；春花秋叶，触绪还伤。[7]欲结绸缪，翻惊摇落，减尽荀衣昨日香。[8]真无奈！倚声声邻笛，谱出回肠。[9]

【注释】

①丁巳：康熙十六年(1677)。系妇亡三月后的重阳(九月初九)前。亡妇：卢氏，两广总督卢兴祖之女。卒于该年五月卅日，年二十一岁。哽咽：悲痛气塞，啼不成声状。衔恨：含恨。　②瞬息浮生：转眼间短短一生。瞬：眨眼。息：呼吸。浮生：浮沉人生。如斯：如此。低徊：萦绕来还于心。　③红雨：桃花。此处泛指花瓣。　④更深：深更半夜，深夜。　⑤"灵飙"句：亡魂之灵如风一转现。端详：细细看一下。　⑥碧落：天上，与黄泉(地下)对应。"短发"句：因哀苦挠头，发稀疏旧谓"发更短"。霜：白发丝。　⑦人间天上：谓阴阳两界。天上本应作地下，想象其上天，不愿其下黄泉。　⑧绸缪：缠绵深情。摇落：凋零。两句意为本愿终生结伴不分离，岂知转惊死别。荀衣：汉末荀彧，所服衣有香气。又其孙荀粲年二十九悼亡，哀恸逾年亦卒。此句合荀彧祖孙事为一，以写一己之哀。荀氏事见《三国志・魏注・荀彧传》裴松之注。　⑨邻笛：借用向秀闻邻人吹笛而思亡友之典，移来表达对闺中红粉知己的哀思。向秀事见其《思旧赋》。

【品评】

"悼亡"在古典诗词中实系爱情题材重要补充组合部分。诗体中渊源可上溯至《诗经》中之《绿衣》篇。词则数苏轼《江城子》"十年生死两茫茫"为最早又最佳。纳兰与卢氏伉俪情笃，却仅一起生活三年即赋悼亡，诚如叶舒崇《卢氏墓志》所述，纳兰深痛大哀，“知己之恨尤多”。故今存词作中，标明题意或未标者悼亡词多达三十余阕，且均写得赤挚情重，溢自肺腑。其将一颗哀恸追怀、无尽依恋之心呕倾纸上的这一特定题材的作品，成为继苏东坡后最卓特的一家。这阕《沁园春》表现得扣人心弦的是：苦忆转成短梦，“灵飙一转”的梦遇反过来勾起更大的悲哀。“碧落”重寻，即使重逢，原乃是水月空花之事，这种聊胜薄慰的虚幻之求，淡化不了“记绣榻闲时”、“雕阑曲处”的往昔“绸缪”密情。所以，“梦好难留”必是“赢得更深哭一场”；“诗残莫续”，难以续成的岂止是诗？而是无法续补“摇落”之大恸伤痕。纳兰的痴苦还翻进一层表现在不仅仅说自己追怀亡妻，而且说亡妻也“尘缘未断”，苦念着自己！否则她何以入梦？何以“素未工诗”的人吟出如此痴情绵绵之句。这种从已亡之人一面写来尤见凄楚，读之鼻酸。纳兰这类作品，词境惨淡，词心凄戚。或以为消沉太甚，诚然。惟矫饰已属悼亡之大忌，伪啼最惹人厌恶，然则“真”乃此题材之灵魂，痴深之苦则为至美之境。故超卓的悼亡之作固然感人心哀，决不至于陷他人入此消沉心境。这是因为“悼亡”乃人生特定经历，非人为所能仿制，其情境规定性远较其他题材严格、严肃以至于严峻。

## 金缕曲

### 亡妇忌日，有感①

此恨何时已？滴空阶、寒更雨歇，葬花天气。②三载悠悠魂梦杳，是梦久应醒矣！③料也觉、人间无味！不及夜台尘土隔，冷清清、一片埋愁地。④钗钿约，竟抛弃！⑤重泉若有双鱼寄，好知他、年来苦乐，与谁相倚？⑥我自终宵成转侧，忍听湘弦重理？[7]待结个、他生知己。还怕两人俱薄命，再缘悭、剩月零风里。[8]清泪尽，纸灰起。[9]

【注释】

①忌日：指卢氏亡故三周年祭日。 ②寒更：农历五月天应甚暖，此"寒"系作者长夜哀悼时之心态表现。葬花天气：卢氏忌日值"夏至"前后之初夏，为绿肥红瘦之时节，落花与人之"摇落"相拟，故曰。 ③悠悠：漫长。杳：一去无音讯无影踪。 ④夜台：指黄泉，地下阴府。埋愁地：墓葬地。用仲长统《述志诗》："寄愁天上，埋忧地下"意。 ⑤钗钿约：生死约。金钗与装置钗饰的钿盒，象征生死盟合，故云。钿：珠宝镶嵌的金盒。 ⑥双鱼：古代传说有鱼腹藏信能远寄的故事。汉代《古诗》有"遗我双鲤鱼"、"中有尺素书"等诗句。 ⑦"湘弦重理"句：古时悼亡每用"湘弦"一意象，意象构成与舜之二妃死于湘江，湘灵鼓瑟等事有关。此处"重理"有二义：一是指当年共抚之琴，不忍重理；二是人间再没有此般琴瑟和谐可续，不忍重埋再续。悼亡世称"断弦"，故重理有"续"之意。是为纳兰心誓之语。 ⑧悭：吝啬、缺憾。从上苍命运安排言是吝啬，从你我福分讲是没福再团圆的缺憾。悭，读若"牵"。剩月：残月。零风：萧瑟之风。"剩月"句谓双方都可能成为孤魂飘荡于凄风苦月之夜。 ⑨纸灰：坟前祭奠所烧纸钱之灰。

【品评】

纳兰性德虚龄三十二岁即英年早逝，其赋悼亡之年为二十四岁，作这首三年祭词后五年他自己也"埋忧地下"。虽则作为相国长子，他在卢氏卒后，实际上是续娶了的，但"他生知己"之愿，"人间无味"之感，几乎索怀难去地紧攫着其最后十年左右的心脉。“不是人间富贵花”！纳兰在《采桑子·塞上咏雪花》词中抒述的这一令人惊悚的心音，可说是其不自在、不安宁的灵魂的集中发露。卢氏这内帏知己之去，加深着词人对“人间”的厌烦逆反感。三年祭奠时的悼亡之吟重心正落在“料也觉、人间无味”上。说“也觉”，是指与自己相获共识，这绝对是“知己”感，从而益坚缘结“他生”的心愿。纳兰的苦心驱笔，思路从“梦”与“醒”对应点的转化切入。三载魂杳，是“梦”、是睡？“是梦久应醒矣”，那么不是梦，此去正是“醒”、是解脱，是也觉悟到“人间无味”。如此说来，活着的转是“梦”不醒，逝去的倒是大清醒！痴语而至此，只觉沉痛之极，又深刻之极。其对人生、对自己出入宫掖禁中的生涯的认知感受，真令包括其父在内的以及徐乾学辈党争之徒该汗颜至死才是。唯其人生无味，愈悼念平生知己。上片从“不及夜台”起转出对亡妻的怜爱。说：你一去无音讯，冷清清独居地下，你我当年生死之约，都抛弃了吗？似自怨又似怨亡妻，痴苦情莫名难解。于是启起下片的心祭语。惟其不知九泉之下情状，所以惶恐及“他生”缘的仍将薄命无福。词情至此，语痴入骨，情伤断肠，确使人不忍卒读。此种超越时空的血泪交溢的内心独白之辞，不能不说是惊心动魄文字。结篇处“清泪尽”时，“纸灰起”！是否即卢氏的“年年犹得向郎圆”的知己之心的暗示？嘉庆年间杨芳灿在《纳兰词序》中说，其词“韵澹疑仙，思幽近鬼”，这阕《金缕曲》可谓后一句范本。然而这种幽思，难道不正是词人将追求与失落相交杂融汇而后毫不涂饰地痛切抒露的卓特处么？

# 厉　鹗（1692—1752）

字太鸿，又曾字雄飞，号樊榭，又号花隐。浙江钱塘（今杭州）人。康熙五十九年（1720）举人，乾隆元年（1736）被荐举“博学鸿词”试，未取。著有《樊榭山房集》，其中正续集有词三卷，又《秋林琴雅》四卷。一生著作宏富，以《宋诗纪事》百卷称巨帙，于词学则有和查为仁合作之《绝妙好词笺》。厉氏为“浙西词派”中期巨擘，词风幽冷清隽，自成格局。

## 百字令

月夜过七里滩，光景奇绝。歌此调，几令众山皆响。[①]

秋光今夜，向桐江、为写当年高躅。[②]风露皆非人世有，自坐船头吹竹。[③]万籁生山，一星在水，鹤梦疑重续。[④]拿音遥去，西岩渔父初宿。[⑤]　心忆汐社沈埋，清狂不见，使我形容独。[⑥]寂寂冷萤三四点，穿过前湾茅屋。林净藏烟，峰危限月，帆影摇空绿。随风飘荡，白云还卧深谷。

**【注释】**

①此词牌即《念奴娇》，又名《大江东去》。七里滩：又名七里泷、七里濑，为富春江上游段，起自建德县境，止于桐庐严子

陵钓台。是浙江最佳山水地之一。 ②桐江：即七里泷所在段富春江的别称。高躅：高人足迹，指汉严光（子陵）。光少与汉光武帝刘秀同学，秀即帝位，遣使聘严光，三遣三返，坚拒。后至京，光武授以谏议大夫，不受而归，耕钓于桐江之滨。 ③吹竹：竹指笙箫笛管之类。 ④万籁：各种声响。籁：天籁，自然界声响，此处即指各类大自然声音。一星：兼暗喻严光。《后汉书·严光传》载：光与刘秀共寐，一足压刘秀腹，“明日太史奏客星犯御座甚急”，故后人每以“客星”喻指严光。鹤梦：比喻高人隐逸清高的精神境界。唐卢纶诗有“鹤梦不离云”句。 ⑤拿音：船桨拨打水的声响。始见于《庄子·渔父篇》。苏轼诗有“苇间闻拏音”句。 ⑥汐社：南宋谢翱于宋亡后，名会友之所曰“汐社”，义为如潮汐，期晚而信，不变志。见程敏政《宋遗民录》。

**【品评】**

厉鹗词的幽隽之美每多表现于以景写情的篇什，这阕《百字令》最见典型。就词心审视之，厉氏刻写“皆非人世有”的奇幽景色，原是为景崇超尘出世的高蹈先贤严光等人，自然界的“风露”实即人世间之“风骨”。这一点在词的起端处已明示：推出秋夜江月图的画面就是“为写当年高躅”。问题是他怎样“写”的呢？一是始终将“景”置于全词的中心轴承之位，二是善于结构微观景象，将它们组合一起，进而把虚淡轻灵的情致意理从氛围上强化出来。如上片对严光的崇仰，正面的“高躅”之写只有“一星在水”而已。这一句与“万籁生山”组合为偶句，构成的是绝对的景观，但它上承“高躅”，下启“鹤梦”，一己追慕而意求相续的情意也就透过“一星”的中介，贯连一气。严光的品格是高自守志，幽以自藏，谢翱正可相匹配，钓台的东西二台恰成象征。下片加一层幽深色调，从“寂寂”句起，景观仍为重心，而“林净藏烟，峰危限月”又一微观景象组合，成为“空绿”这种幽冷清深之美境的所以构成条件。“林静”句是月光下的一片墨绿氤氲景状，“峰危”句则将高峰束江，月色为危峰所“限”而幽幽投射江中的景象用最简练的文字写出。至此，“帆影摇空绿”的“空绿”，也即水光透出的幽绿深碧之色，原自“林”和“峰”之倒映所成，已揭示。词人如此匠心苦运，意在表现幽深之境，从而抒露幽远之情心，但这一切又无非凭借幽隽的景观而来。“帆影摇空绿”是幽邃、幽秀之极的，却又不是空枵而是空灵，因为它有上述之意贯串着，不是为造好句子、佳字面而凿空雕虚。在“浙派”词人中厉鹗的高人一筹处正在这里。

## 忆旧游

辛丑九月既望，风日清霁，唤艇自西堰桥，沿秦亭、法华，湾洄以达于河渚。时秋芦作花，远近缟目。回望诸峰，苍然如出晴雪之上。庵以“秋雪”名，不虚也。乃假僧榻，偃仰终日，唯闻棹声掠波往来，使人绝去世俗营竞所在。向晚宿西溪田舍，以长短句纪之。[①]

溯溪流云去，树约风来，山翦秋眉。[②]一片寻秋意，是凉花载雪，人在芦埼。[③]楚天旧愁多少，飘作鬓边丝。[④]正浦溆苍茫，闲随野色，行到禅扉。[⑤]　　忘机。[⑥]悄无语，坐雁底焚香，蛬外弦诗。[⑦]又送萧萧响，尽平沙霜信，吹上僧衣。凭高一声弹指，天地入斜晖。[⑧]已隔断尘喧，门前弄月渔艇归。

【注释】

①此词牌始见宋周邦彦《片玉词》。又名"忆旧游慢"。双调,一百零二字,平韵,为常格。辛丑九月既望:为康熙六十年(1721)九月十六。农历十五日为望,十六为既望。时厉鹗为三十岁。西堰桥:在杭州西北。秦亭:山名,法华山一支脉。法华山在西湖北,见《西湖梵隐志》。河渚:在杭州西溪。《钱塘县志》:"本名南漳湖,又名'蒹葭深处'",该处秋深荻花如雪。秋雪庵:庵名为明末云间大名士陈继儒题。西溪:在杭州西湖西北,武林山西,旧志谓全长三十六里,"群山回绕,曲水湾环,沙溆芦汀,重重间隔"。 ②山翦秋眉:形容秋山山色如眉黛。翦:翦自。 ③凉花载雪:秋凉时芦花如雪,如载一层雪,"秋雪庵"所以命名之点题。芦埼:芦塘曲折堤岸。埼,读若"旗"。 ④楚天:泛指地域空间,春秋战国时楚国奄有两湖、江、浙等地域,故称。鬓边丝:指白发。 ⑤浦溆:水滨。禅扉:指秋雪庵。扉:门。 ⑥忘机:即词序所云"绝去世俗营竞所在"。 ⑦蛬:即蛩,蟋蟀的别名。蛬,读若"穷"。弦:弦歌,作动词。 ⑧弹指:顷刻间。《吕氏春秋》:"二十瞬为一弹指。"又:《大方广佛华严经》有"弹指出声,其门即开"语,此处兼用其意,切合"禅扉"环境氛围。斜晖:夕阳落照。

【品评】

厉鹗幼遭孤露,赖其兄业商为生,曾一度拟寄鹗于僧寺。长而博学富才又科第淹蹇,婚后家庭生活复不圆满,故本就孤寒的情性愈益"秋心"抑郁,其笔底萧瑟秋意特为浓重,最善表现秋色景观。此词将他一片秋思隐透于最能体现楚天秋晚的色调的芦花背后,显得幽远清空,凸见的是一种境界,一种氛围。不说自己满怀秋愁,而是说这芦花似积贮着无尽的"楚天旧愁";不说鬓发愁成白丝,而说芦花"飘作鬓边丝",曲深又不生涩,生新却极熨帖,均见出炼词炼意的功力。"流"、"约"、

“翦”、“载”等这些动词运用，使全篇在萧瑟情韵中显出特定的灵动之势，强化着清幽野逸的审美情趣。下片静寂绝尘的心境追求亦通过架构成的词境表现得中边皆透。在这境界里，弦歌声与萧萧秋声交融，有声胜无声，一切时空众生的机心全被炼化成空无。追求野逸情心，向往空寂境界，事实上无非自谋心理平衡。消沉情绪所裹紧的恰恰是颗痛苦的心。文人的悲哀是除了在心底在笔下虚幻构建个精神茅篷之外，别无多能。生活在康、雍、乾三朝相衔接的“盛世”年代里，如厉鹗这样的狷介之士，似亦惟能如此。

## 郑　燮（1693—1765）

字克柔，号板桥，江苏兴化人。雍正十年(1732)举人，乾隆元年(1736)进士。历任山东范县、潍县令，以赈灾事忤上官，于十八年(1753)退归扬州。与金农等称“八怪”，为扬州画人群中一大家。著有《板桥词钞》一卷。其词以辛辣锋锐、亦庄亦谐著称，而快笔放言，语浅情深则实为其词风的又一重要特征。

### 贺新郎

**赠王一姐**

竹马相过日。[①]还记汝云鬟覆颈，胭脂点额。阿母扶携翁负背，幻作儿郎装饰。[②]小则小、寸心怜惜。放学归来犹未晚，向红楼存问春消息，问我索，画眉笔。

廿年湖海长为客，都付与风吹梦杳，雨荒云隔。[③]今日重逢深院里，一种温存犹昔。添多少、周旋形迹！回首当年娇小态，但片言微忤容颜赤。[④]只此意，最难得。

**【注释】**

①竹马：青梅竹马。　②幻作：假装，化妆成。　③梦杳：旧梦(事)成为遥远，记忆模糊了。　④忤：冒犯、触犯。容颜赤：红脸，生气发急状。

**【品评】**

俗和雅的问题是中国文化史上一大命题。数千年文化的演进中,趋雅是决定性的走向。文学文体作为文化之高层部分,此种走向尤为明显,词亦不例外。然而雅与俗作为对应审美概念,其内涵却是时时相互转化。恪守传统缺乏机变,往往拘泥于古律古法以求雅,于是其趋向的必是凝滞、僵固、模式化的“雅”,实则正转为迂腐之俗,平庸之俗。与此同时,有别于粗俗、庸俗、恶俗的本来意义的俗美,以其清新、生动、真率、自然之活力,却大济于雅,振其生气。这种现象在文化史上屡有见出,而初兴之时每易“惊世骇俗”,少见多怪,以其不守陈规之故。“八怪”之画如此,他们许多诗文词亦多如此。在破罐甚至夜壶中画一丛兰花,正最足以表征济俗于雅之“怪”境界。板桥的词他自说好于诗,友朋们亦持共识,这好其实亦好在这境界上。“赠王一姐”词是篇罕见的表现与青梅竹马时即在一起的旧日情侣重逢情事之作,其情韵真切读之令人有趣,其词意之坦率也易使人咋舌。然而,直率坦诚正是针砭伪饰矫情之猛药,对假道学则无异是面锃亮的镜子,而其天真清灵之处又是饾饤文字所急需的续命汤。词的上片回忆“竹马”时代到“向红楼存问春消息”的美好过程,白描勾勒,神情毕现,板桥那副陶醉之态跃现纸上。下片叙旧情,怅惘中有温馨,温馨间又有几分陌生感。时间的淘洗,空间的隔膜构成的“周旋形迹”,又复引起旧时情状的忆恋。上下片之间固有今昔对照,下片本身也有着今昔相比,时光的痕迹不写写之,分明眼前:人,都在时空迁移中成熟、老成,甚而世故,而天真烂漫则消失了!这是温馨,抑是惆怅?结篇六字,板桥先生之恋旧情结和感慨之意,用最为平易的口语道尽无遗。

# 黄景仁（1749—1783）

字汉镛，一字仲则，号鹿菲子，武进（今江苏常州）人。幼孤，从母屠氏读，十六岁应郡县试，拔置第一。后浪迹四方，于乾隆三十六年（1771）入朱筠安徽学政幕，四十一年（1776）召试列二等，充《四库》馆誊录。陕西巡抚毕沅奇其才，为纳赀捐县丞，俟铨选日为债家迫，抱病出行，卒于山西。诗名卓闻，论者推为乾隆朝第一。著《竹眠词》三卷，新警激楚，犹如猿啼鹤唳。

## 金缕曲

观剧，时演《林冲夜奔》

姑妄言之矣。[①]又何论、衣冠优孟，子虚亡是。[②]雪夜窜身荆棘里，谁问头颅豹子？[③]也曾望、封侯万里！不到伤心无泪洒，洒平皋、[④]那肯因妻子？惹我发，冲冠起。

飞扬跋扈何能尔？[⑤]只年时、逢场心性，几番不似。[⑥]多少缠绵儿女恨，廿以年前如此。[⑦]今有恨、英雄而已。话到从头恩怨处，待相持、一恸缘伊死。[⑧]堪笑否？戏之耳！

【注释】

①姑妄言之：随意说说。此处意为林冲故事本是小说家言。　②衣冠优孟：指演戏，演员仿古人装扮古人像。子虚亡

是：虚构人物，最先见于司马相如《子虚赋》。 ③头颅豹子：《水浒传》中林冲绰号“豹子头”。 ④平皋：大地。皋：通“高”，高地。 ⑤飞扬跋扈：意气不可一世，不受羁绊约束。尔：语气助词。 ⑥逢场心性：逢场凑趣的心情。此处指风雅事，跌宕不羁事。 ⑦廿以年前：廿岁以前。此处“以年”不能倒为“年以”，否则不协平仄。 ⑧恸：伤心大哭。伊：他。

【品评】

“林冲夜奔”是《水浒传》“林十回”中故事，为众多梁山英雄被“逼”落草的典型之一，自明代以来即改编成剧搬演于舞台。词之题材向以“儿女恨”为主体，后渐益以“青衫恨”，表现士人失意、失落感，所谓“红颜薄命青衫泪”，如此而已。后复充实之以“家国恨”，词之容量几与诗等。惟“英雄恨”，即指特定的英雄末路，逼落草莽之恨，于词之领域未曾有见，就是诗亦罕闻。黄仲则此词借观剧而畅吐“官逼民反”之同感，表现出一种由同情而趋进为与“夜奔”的林冲有共识，实为词史上一大奇观，身处“盛世”的这位早逝奇才的与现实统治的离心逆反情绪，从中足能触摸及。词人的感受和认识是真切的，林冲确曾望万里封侯，既建功立业又光耀门楣的，何尝想窜身于荆棘遍地、险象四伏的江湖草泽间！其怒发冲冠是官府恶势力所逼，其一洒英雄泪是和王朝政权决裂的标志。词的要害在下片，黄仲则先宕开一笔说，像梁山英雄那样我“何能尔”！但年来既无逢场风流之雅兴，也已没有缠绵儿女之情，“今有恨、英雄而已”！所以，在“儿女恨”转化为“英雄恨”的感受上，他为林冲不禁发出同声一恸的悲苦，且有先得我心之默契。尽管黄仲则乃一介弱书生，只能如其在《念奴娇·送容甫归真州》词中向执友汪中所吐露的“今日世态波涛，才名瓦砾，无我疏狂处”，莫名苦衷而已，但林冲夜奔之能激活起其心涛，已是怎样地难能可贵了。在词中表现小说戏曲情事，而且是“造反”主题，能不大书一笔？

## 张惠言（1761—1802）

原名一鸣，字皋文。江苏武进人。嘉庆四年(1799)进士，改庶吉士，授翰林院编修。著有《茗柯词》。惠言系专攻《易》学的经术家，又是“阳湖文派”的宗师之一。与弟张琦于嘉庆二年(1797)编《宛邻词选》，标“意内言外”之旨，力主比兴寄托手法，推崇以温庭筠为极致的唐五代及北宋“深美闳约”词风，遂开“常州词派”。

### 木兰花慢

杨　花①

尽飘零尽了，何人解、当花看？正风避重帘，雨回深幕，云护轻幡。②寻他一春伴侣，只断红相识夕阳间。未忍无声委地，将低重又飞还。　疏枉情性，算凄凉耐得到春阑。③便月地和梅，花天伴雪，合称清寒。收将十分春恨，做一天愁影绕云山。看取青青池畔，泪痕点点凝斑。④

**【注释】**

①此词牌始见宋柳永《乐章集》。双调，一百零一字，平韵。　②幡：旗幡。旧有“护花幡”传说，见郑还古《博异记》。　③春阑：春意衰残。阑，衰落。　④“看取”二句：用杨花柳絮化为浮萍传说。苏轼《水龙吟·次韵章质夫杨花词》：

“细看来，不是杨花，点点是离人泪。”

【品评】

张惠言成进士后三年即病逝，年仅四十二。于仕途他曾备遭蹭蹬，乾隆五十一年(1786)中举后，八试礼部始登第。长期馆于安徽歙县金榜家，际处的是寒士飘泊生涯。此词以杨花游转无定、托身无着的形象为吟咏，实是“寒士”写照，也是其自我刻画。上片整组意象表现冷落坎坷际遇，又不甘自溷消沉。“何人解”句沉郁自苦，名为“花”而无人“当花看”，微贱之极，亦心寒之至。“断红”是落花，夕阳则是残阳，杨花之命运似难脱残落的结局。然而“未忍”二句则从风雨侵袭，孤凄心境中自拔自强，抒露出坚韧的“不舍”情志。下片集中写心志，与前面的感受互为照应。“耐得”句既感慨又自坚心魂，与“将低重又飞还”承续并启转，进入自我意志和情操的执着追求。“月地和梅”、“花天伴雪”，均是“清寒”出清高形象。惟其清高自洁，故不随波逐流。但是“恨”和“愁”并不因清高而消失，“做一天”云云，既是无奈之势，也是自慰自足之写，“绕云山”的飞絮“愁影”，何尝不是人生一景？然而这又毕竟不是“当花看”的合埋结局，不可能消解心底的积愁积闷。于是，结末化实为虚地言“恨”之无尽。“池畔”、“泪痕”是现状独处神伤的形象一笔，“杨花”与“人”一而二、二而一的神韵从“看”字中透出。全篇有二个“看”，前一“看”指他人眼光，后一“看”则是“我”之感知。如此收束，也即“怨而不怒”。此词全从“杨花”第一人称角度着笔，故寄托能得“化”字诀。北宋以来，同题咏物之作极夥，此阕得成名笔，要在心神投入充分，无隔靴搔痒之弊。

## 浣溪沙

山气清人远梦苏，海天摇白转空虚。马蹄不碍岭云孤。　　杨柳官桥通碧水，桃花小市卖黄鱼。东风未起早阴初。

【品评】

这是一幅线条简练的“晨旅海山图”，动静相契，有声有色，一丝孤寂心绪淡淡地渗出于清爽风光中。动字的择选简易有劲力，承转多灵活。言“常州”词风，专嗜咏物寄托，必然导致僻塞晦涩，情感之流支离破碎，从而与“浙派”各走极端。其实作为开山宗师，张惠言不仅有《水龙吟·夜闻海涛声》那样放飞势盛的作品，也有如这首小令的清新文字。他编《词选》的初衷原为金家子弟学词提供一范本，作为经学家他自然主张入门须正，强化“微言大义”之旨。但是，这不等于画地自牢，窒抑心灵，学成后理应尽去町畦和羁缚。大抵流派形成和发展史程，均存在有一种普遍现象，即后学者恪守门径并不断强化规范。结果则每是僵凝之势大违初祖之意。

# 郭 麐（1767—1831）

字祥伯，号频伽，晚号复翁，又因一眉白如雪，故称白眉生。江苏吴江人，后迁居浙江嘉善魏塘。诸生。长期客游江淮间为塾师。著有《灵芬馆词》四种，又有《词话》、《词品》论词著作多种。其词风格清灵圆转，自然轻捷，为“浙派”后期持新变审美观的名家。

## 菩萨蛮

### 北固题壁[①]

青天欲放江流去，青山欲截江流住。侬也替江愁，山山不断头。[②]　片帆如鸟落，江住侬船泊。毕竟笑山孤，能留侬住无？

**【注释】**

①此词牌名原系唐教坊曲。又名“子夜歌”、“巫山一片云”、“花间意”、“花溪碧城里钟”、“重叠金”、“梅花句”、“晚云烘日”、“菩萨鬘”等，回文体又称“连环结”。双调四十四字，两仄韵两平韵。初见于《花间集》温庭筠词中。北固：山名，在江苏镇江，上有甘露寺。　②侬：我，吴语。

**【品评】**

以抒情特性和审美情趣论，郭麐是个自觉于主体性独异面貌的发扬者。其所作词不雕琢、不饾饤文字，纯出以自然抒写，似若略不经意，实则平易中见清拔，辞随意行，委曲传神。可是自常州词派某些论家持"深涩"偏嗜贬之以"滑"后，郭氏之词已久不为选家注目。今存《灵芬馆词》四种皆系中年以前鬖余之作，晚期再变后作品惜已不可见。这阕小词平淡而富机趣，轻捷流利中见人生哲理，可为尝鼎一脔。词人从"流"与"留"一对矛盾上盘转写来，别有所感。"山"为"留"一方，人生之阻力意象；"江"为"流"之大势，合乎"天"意。"船"为"侬"之载体，顺"江"而"流"。词写出了："留"总只能是暂时的，相对的；脱羁而去的"流"则是永恒的、绝对的。郭麐不是哲学家，其填词并非为作哲理思辨。此中感受乃其负才遭厄，深刻地得之人生体验，而倔强性格，坚持一己心性则终不为坎坷际遇所屈。所以，类似理性演绎，实系抒情表现，貌似轻快，内里愤懑，末两句一"笑"、一反诘之问足见风骨。其在《祭陈曼生文》中长啸："天不可信，神不可恃；残民者生，佑民者死，养民者穷，或不能自存自养者以遗子孙！此昔人所云云，尝谓愤激之太过，而不知其实有至理！"郭祥伯岂是个"浮滑"之辈？

# 邓廷桢（1775—1846）

字维周，号嶰筠，江苏江宁人。嘉庆六年(1801)进士，初授翰林院编修。道光十五年(1835)任两广总督，十九年(1839)力助林则徐禁烟。鸦片战争起，六次挫英舰入侵。旋调闽浙总督。二十一年(1841)与林则徐同戍伊犁。两年后召还，任陕西巡抚卒。著有《双砚斋词》。其词气势寥阔，情韵高健。《复堂日记》论邓词有“将军白发之章，门掩黄昏之句”之评，晚年之作盖如是。

## 酷相思

寄怀少穆①

百五佳期过也未？②但笳吹，催千骑。看珠澥盈盈分两地。③君住也，缘何意？侬去也，缘何意？　　召缓征和医并至。④眼下病，肩头事，怕愁重如春担不起。侬去也，心应碎！君住也，心应碎！

**【注释】**

①此词牌始见于宋程垓《书舟词》。双调，六十六字，四仄韵，一叠韵。少穆：林则徐之字。　②百五佳期：即寒食节，冬至后一百五日，清明前二天。　③珠澥：珠海。盈盈：水清貌。《古诗十九首》中有“盈盈一水间，脉脉不得语”句。　④召缓征和：缓、和，均系春秋时良医。缓：全称“郑丘缓”，原晋臣，见《左

传·成公十年》。和:秦国医士,见《左传·昭公元年》。

【品评】

邓廷桢从两广总督任改调闽浙的"喻旨"是道光十九年(1839)十二月底到广州的,此词作于次年春邓、林"分两地"时。邓、林联手在广州禁烟,成绩斐然,但蜚语也蜂起。从林则徐《次韵和嶰筠前辈》诗的"谁识燃犀经慧照,那容李树代桃僵"语意可知,其时对邓的诽谤不少。所以,词中"缘何意"之二问,心事甚是浩茫。他深感道光帝起初征召林则徐和自己,本是为医鸦片"国病",然而现实却是"肩头"有难担得起的种种重阻。忧心忡忡,情见乎词。《箧中词续》评曰:"三事大夫,忧生念乱,'敦我'之叹,其气已馁。"气馁并非气怯,力不从心地面对时世,苦如"心应碎"。这类词属于软笔出硬调之型,所谓高华沉痛,却以低叹手法写来。

# 董士锡（1782—1831）

字晋卿，又字损甫，江苏武进人。嘉庆十八年(1813)副贡。家清贫，客游四方。著有《齐物论斋词》。士锡为张惠言外甥，后又是张氏婿，诗古文词皆幼承传授，尤精虞氏《易》。词为“常州派”中坚，周济以为胜于其舅氏兄弟。其所作情致凄郁浓烈，结撰细密，清而不泛浮。

## 兰陵王

### 江 行[1]

水声咽，中夜兰桡暗发。[2]残春在，催暖送晴，九十韶光去偏急。[3]垂杨手漫折，难结，轻帆一叶。离亭远，归路渐迷，千里沧波楚天阔。　　余寒乍消歇。剩雾锁花魂，风砭诗骨。[4]茫茫江草连云湿。怅绿树莺老，碧阑蜂瘦，空留樯燕似诉别，向人共愁绝！[5]　　重叠，浪堆雪。坐飘渺浮槎，烟外飞越。[6]衔山一寸眉弯月，照枉渚疑镜，乱峰如发。[7]扁舟独自，记旧梦，忍细说？

【注释】

①此词牌原系唐教坊曲名。始见秦观《淮海长短句》。三段，一百三十字，仄韵。　②中夜：半夜。兰桡：兰舟，泛指装饰图案的船。桡：船桨，读若“饶”。　③韶光：春光。　④砭：刺。寒风刺骨。　⑤碧阑：碧绿色栅阑。樯：船桅杆。　⑥槎：

船。 ⑦枉渚："枉"是汪水，汪水在湘中常德，注入沅水的小水湾，故称汪渚。《楚辞·九章·涉江》："朝发枉渚兮夕宿辰阳。"

【品评】

长调《兰陵王》自北宋周邦彦"柳阴直，烟里丝丝弄碧"一阕后，佳构不多见。董士锡此词自抒己情，融伤春光之逝与苦羁旅之行为一，浑然而不艰涩，三叠苦情能无支离破碎之弊，借景也熨帖，恰到好处。沈曾植《菌阁琐谈》说："晋卿无名句可标，其孤峭在此，不便摹拟亦在此"；又说谭献"备识渊源，对之一词莫赞。毗陵词人亦更无能嗣响者，可谓门风峻绝"。移沈氏之评具体落实于这一阕，堪称确评。写旅情写惜春，全是寒士心绪的抒发。词人既无多议论感慨，亦略去典实之借，造境传情，韵味自足。"风砭诗骨"、"碧阑蜂瘦"、"乱峰如发"等情境，独显寒士特有形象。第三片"坐飘渺浮槎"二句，既切合湘地滩险涛急水势，又渗有茫然迷离情思；"烟外飞越"的空阔感恰恰逼现出心底的失落和压抑。这正是微妙的艺术个性的自觉不自觉的披露，不是雕琢可以得来。董士锡词在常州词人中属内敛型审美倾向的代表，气韵不外张，而是内裹，向心形态漩进，从这首词可以辨味到。

# 周之琦（1782—1862）

字稚圭，号退庵，又号耕樵，河南祥符（今开封）人。嘉庆十三年（1808）进士，由编修累官至广西巡抚，道光二十六年（1846）以病乞休。著有《心日斋词集》，又辑成《十六家词选》。其词早期多闲情之作，中年悼亡，引纳兰性德为同调，晚岁遭际衰世，风格转多苍茫萧瑟。

## 好事近

### 舆中杂书所见四首之二[①]

诗句夕阳山，扇底故人曾说。好是固关西去，看万山红叶。[②]翠蛟潭上认题名，屐齿为君折。[③]蓦地藓花浓处，出一双蝴蝶。陈受笙画扇赠行，题诗有“好山都在固关西”之句。[④]

**【注释】**

①此词牌始见宋苏轼《东坡乐府》。双调，四十五字，仄韵。又名“倚秋千”、“钓船笛”、“翠圆枝”。舆中：车或轿中，此处当指轿中。　②固关：即井陉故关，在河北井陉县与山西平定县交界处，关以西为晋地。　③翠蛟潭：在井陉关西。屐齿：木屐的齿。《晋书·谢安传》载谢安与客对弈，得前线捷音，“过户限，心喜甚，不觉屐齿之折”。　④陈受笙：名均（1779—1828），初名大钧，字敬安，受笙是号。嘉庆十五年（1810）举人，工诗善

画。浙江海宁人。

【品评】

此系嘉庆十八年(1813)周之琦奉差山西,行经太行山时所写山水组词之一首。周氏写景气势较开阔,并善于捕捉倏忽即逝的镜头。上片化用陈受笙题扇诗句,以虚笔出群峰之景。好山都在固关西,怎么好呢?"看万山红叶",横抹一笔,色泽鲜亮。好山好境一经红叶遍岭之皴染,好景尽出。下片先从心理感受上强化"好",一个"折"字有为你所言心折,说得好。而后落到眼前实景。如果说上片红叶句的实景是远眺,那么藓花秾处是近观,蝴蝶之飞犹如大写意画面之一角,施以工笔勾勒。于是,大、小、工、拙互为衬映,构成效果奇佳的境界。笔致轻灵处,很有杨万里"诚斋体"诗法之妙趣。清代颇多擅写山水的词家,周氏是中晚期交接时的一高手。

## 青衫湿遍

道光己丑夏五,余有骑省之戚,偶效纳兰容若词为此。虽非宋贤遗谱,音节有可述者。[①]

瑶簪堕也![②]谁知此恨,只在今生!怕说香心易折,又争堪、烬落残灯。[③]忆兼旬、病枕惯瞢腾。[④]看宵来、一样恹恹睡,尚猜他、梦去还醒。[⑤]泪急翻嫌错莫,魂消直恐分明。[⑥] 回首并禽栖处,书帷镜槛,怜我怜卿。[⑦]暂别常忧道远,况凄然、泉路深扃。[⑧]有银笺、愁写《瘗花铭》。[⑨]漫商量、身在情长在,纵无身、那便忘情?最苦梅霖夜怨，虚窗递入秋声。⑩

【注释】

①此词牌系纳兰性德自度曲。双调，一百廿三字，平韵。道光己丑，是九年(1829)。骑省之戚：妻丧之哀，悼亡。晋代潘岳官散骑侍郎，属尚书省。潘氏以《悼亡诗》名世，故以“骑省”指称云。 ②瑶簪：玉簪，女性发髻饰物。此句意为人亡。 ③香心：用李商隐诗“芳根中断香心死”句。与上句互应，玉殒香消之意，强化伤悼之痛。争堪：怎堪。怎忍受得了，即不堪忍受。烬落残灯：倒装句式。烬：灰烬。 ④兼旬：一旬十日。瞢腾：神志不清。 ⑤恹恹：神思不振。 ⑥错莫：感觉错误。意为看到她昏迷不醒时，紧张焦急，总盼想是自己弄错了。魂消：逝去。 ⑦“并禽”句：喻夫妻恩爱。镜槛：镜台。怜我怜卿：互相挚爱。怜：爱。 ⑧泉路：黄泉路，地下阴府。 ⑨银笺：素白笺纸。《瘗花铭》：庾信曾有此作。 ⑩梅霖：梅雨，江南或称“黄梅雨”。周之琦妻沈氏卒在端午节前后。秋声：萧瑟秋风秋雨之声，有凄凉感。作者感觉梅雨似秋霖。

【品评】

周之琦二十二岁与沈氏结缡，伉俪情笃，共同度过了廿七个春秋。在其妻卒后二十几年时间里，词人仍始终追念着亡妻，在封建大吏中，该算是很难得的深于旧情者。所以这阕悼亡之作真挚感人，无套语滥调或敷衍题目之弊。上片写玉殒魂消的死别之哀，下片追忆沈氏生前相与怜爱的缠绵深挚，从而益反托出斯人永逝之痛。全篇不仅笔笔写实，贴切入微地组合各个细节，不落空泛，而且处处体现出特定的依恋难舍的心态，于是一种揪心悲苦所升华的艺术感染力，攫人心魄。在手法上有两点值得体味，一是多从心理感受活动着笔，“谁知”、“怕”、

“猜”等字层层拉紧情结。“谁知”是想不到的事偏偏发生，“怕”则事实恰恰是最怕的；“猜”，已成为一种痴妄之想，眼前事本无需猜疑的。转折跌宕间，能听到撕心裂肺之号啕声。下片的“暂别”与“深扃”的反差，梅霖与秋声的误觉，也属心理变形表现。二是充分体贴着此词调的大量的三、四和三、五句式的顿歇音节，发挥出呜咽、凄泣的情绪效应。纳兰性德自谱此调时正是按情设计语句节奏的，周之琦可谓知其音。周氏因生日与南唐后主李煜同为农历七月初七，故对李后主词多有向往和步武，而纳兰则是举世皆知的承续李煜词的一脉法乳的大家。因而周之琦对《饮水》词风是熟稔的，他说此调“虽非宋贤遗谱”而“有可述者”，显然以为其与唐宋风调足可匹敌，音律上有如符合契之妙。词所具体的表现，亦证佐此语不虚。周之琦是继纳兰之后，将“悼亡”题材词作推臻高境的大手笔。

# 龚自珍（1792—1841）

一名巩祚，字尔玉，后字璱人，号定盦，又署羽琌山民。仁和（今浙江杭州）人。道光九年（1829）进士，官礼部主事。著有《定庵词》凡五种，即《无著词选》、《怀人馆词选》、《影事词选》、《小奢摩词选》、《庚子雅词》。龚自珍为晚近文学的疏凿开山手，其词亦光怪陆离，不为前贤藩篱所限。

## 鹊踏枝

过人家废园作[①]

漠漠春芜春不住，藤刺牵衣，碍却行人路。[②]偏是无情偏解舞，濛濛扑面皆飞絮。　　绣院深沉谁是主？一朵孤花，墙角明如许！莫怨无人来折取，花开不合阳春暮。[③]

**【注释】**

①“鹊踏枝”即“蝶恋花”。　②漠漠春芜：茫茫一片春草。春不住：春去了。　③折取：杜秋娘《金缕衣》有“花开堪折直须折，莫待无花空折枝”。

**【品评】**

经世致用，原是龚自珍青年时期即深怀的抱负，他的外祖段玉裁也时以“努力为名儒，为名臣，勿愿为名士”戒教之。然而时代却无情地偏偏要陷其于至多只能做“名士”的境地，龚自珍是慨然而愤懑了。对社会人生的感受和认识，首先来自人才选拔的科举制给予他的刺激。自幼即博通多才的龚定庵，嘉庆十五年(1810)应顺天乡试竟只中了个副榜，三年后再试又落榜，严峻的现实使敏锐于思的年轻的龚自珍省悟到时世与人才之间无可调和的冲突。这阕《鹊踏枝》就写于这一时期这样的心境中。不合时序，只能枉有痴情；“阳春”已暮，必然名花无主。词人将“明如许”的“孤花”置于“藤刺牵衣”，春草丛芜，飞絮漫舞的背景前，那种反差是如此鲜明。龚自珍二十二岁时作的《金缕曲》中曾强烈表示不愿做雕虫小技的匠工：“纵使文章惊海内，纸上苍生而已。似春水、干卿何事？”他何尝早早愿意“怨去吹箫，狂来说剑”，甚而甘去草野伴青灯？他的使命感，责任心是被现实剥蚀掉的。“无奈苍狗看云，红羊数劫，惘惘休提起！客气渐多真气少，汩没心灵何已？千古声名，百年担负，事事违初意。”后来他在《百字令·投袁大琴南》词中抒述的这番心声，正印合着“花开不合阳春暮”的这个痛苦的判断。

## 减　兰

偶检丛纸中，得花瓣一包，纸背细书辛幼安“更能消几番风雨”一阕，乃是京师悯忠寺海棠花，戊辰暮春所戏为也，泫然得句。[1]

人天无据，被侬留得香魂住。如梦如烟，枝上花开又十年！　　十年千里，[2]风痕雨点斓斑里。莫怪怜他，身世依然是落花。

【注释】

①此调即“减字木兰花”。双调，四十四字，两仄韵、两平韵。始见宋欧阳修《六一词》。又名“天下乐令”、“木兰香”、“金莲出玉花”。另称“偷声木兰花”，因前后起句各减三字，故云。“更能消几番风雨”：辛弃疾《摸鱼儿》词起句。幼安即辛氏之字。悯忠寺：今名法源寺。戊辰；嘉庆十三年(1808)，龚自珍十七岁时，随父居寺南旧邸。　②十年千里：嘉庆十六年前龚自珍随侍北京，十七年起住安徽歙县，时其父龚丽正任徽州知府。嘉庆二十年在家乡杭州，次年留上海。

【品评】

枝上之花，花开花落，开落有时。纸包花瓣，只留得“香魂”，这“香魂”实即往事之记忆。时光流逝，往事若梦，人一旦陷入靠咀嚼记忆打发时光，也即生气索然；而一个二十七岁左右的才人“如梦如烟”地感到年华在花开花落中消逝，情何以堪？这十年中，龚自珍三试乡闱，均名落孙山，其妻段美贞又于嘉庆十八年(1813)病逝于徽州，正是“身世依然是落花”，落魄怆楚的十年。稼轩词句“更能消几番风雨”，在题中引述，实系点题之眼。龚自珍受《公羊学》于常州学派的刘逢禄，故与“常州词派”有一定渊源。类似此词，寄托之写，借物以喻者时见，唯其所寄托之意多畅朗不晦隐，象征比喻色彩显得较强烈。

## 台城路

赋秣陵卧钟，在城北鸡笼山之麓，其重万钧，不知何代物也。①

山陬法物千年在，牧儿叩之声死。[2]谁信当年，楗槌一发，吼彻山河大地？[3]幽光灵气，肯伺候梳妆，景阳宫里？[4]怕阅兴亡，何如移向草间置？　　漫漫评尽今古，便汉家长乐，难寄身世。[5]也称人间、帝王宫殿，也称斜阳萧寺。[6]鲸鱼逝矣？[7]竟一卧东南，万牛难起。[8]笑煞铜仙，泪痕辞灞水。[9]

【注释】

①秣陵：南京古称。卧钟：即今南京市鼓楼东北大钟亭内之钟，亭建于光绪年间并悬挂之，位置仍处鸡笼山西麓下。钧：三十斤为一钧，古代计量单位。此钟铸于明代洪武年间。　②山陬：山脚，“陬”读若“邹”。法物：帝王仪仗器物。有神圣意。声死：常建《吊王将军墓》：“军败鼓声死。”声音低哑微弱。　③楗槌：应即犍槌，古时钟磬的名称，见《翻译名义集》引《声论》。南京大钟据传声闻可达十里，故有“吼彻”句。　④“肯伺候”二句：《南齐书·武穆裴皇后传》：“上（萧赜）数游幸诸苑囿，载宫人从后车。宫内深隐，不闻端门鼓漏声，置钟于景阳楼上，宫人闻钟声，早起装饰。”成语“钟鸣漏尽”即此意。可见南京大钟与鼓楼之鼓原亦系报时之用，前句“法物”云云与之正呼应，全取宫苑物义拟喻权力、王权象物。　⑤漫漫：悠长貌、遥远貌。长乐：宫名。汉初改建秦朝之兴乐宫而成。　⑥萧寺：即寺庙。《国史补》载：“梁武帝造寺，令萧子云飞白大书‘萧寺’。”梁朝帝王为萧姓，本有皇家“家庙”意。后每用以与宫殿对应指喻盛衰。封建时期每多舍宅第为寺庵，意味衰落式微。　⑦鲸鱼：此处指代撞钟之大杵，杵刻成鲸鱼形。　⑧万牛难起：意为沉重，万牛之力拉不起身。龚自珍见时既已“卧”置，当实处草莱间，杵亦已失。　⑨铜仙：用李贺《金铜仙人辞汉歌》意，诗中有“忆君清泪如铅泻”。三国后期，

魏明帝移长安之汉官前“金人承露盘”于洛阳，拆迁时，金人泣下，遂留于灞水边。此典故每表示国破家亡。

【品评】

此词系《庚子雅词》中之一篇，庚子是道光二十年(1840)，即鸦片战争爆发这一年。龚自珍于此年八月上旬游南京，其时适值英帝国侵略军之舰只威胁大沽，逼迫清廷重治林则徐罪之际。词人悲慨时势艰危，哀愤一已投闲，对朝廷颟顸无能，败亡不远深苦于心，遂借“卧钟”以发心声。此“卧钟”兼具两层意象，既是自喻，又象征国运，个人际遇与家国衰颓融成一气，典型表现着先觉者心灵感受与时代气息的同步一致性。词作成于定庵卒前正好整一年，二年后，“南京条约”之订，定庵固不及见，然“声死”之叹，“谁信”之问，“怕阅兴亡”之预感，无不令人惊异于如谶之先警！作为一个未能尽脱封建依附属性的思想启蒙人来说，他见到的乃是亡国之征的“卧钟”。下片结句，以“万牛难起”照应“何如移向草间置”，进而与“铜仙”观照，“笑煞”二字已表征这是个决绝了愚忠的大智之士。这一“笑”，何等不易呵，历千百年，积无尽血泪始悟彻得此一笑，何尝不显出“其重万钧”之势，虽悲苦之笑，难似“吼彻山河大地”，但也深沉地震撼了后世志士心。定庵此词已超越了其“箫心剑气”情思。“幽光灵气”焕发于秋肃临天下之时，较之“怨去吹箫，狂来说剑”升华远甚。怨狂之声，同侪能并而共发，一“笑”长啸，则遥领时代，为“得气早”之心声，时辈所不能企及。清代词史，精魂至此发露已臻极致，绝唱遂难以为继。

## 项鸿祚（1798—1835）

原名继章，字子彦，又改名廷纪，字莲生，浙江钱塘（今杭州）人。道光十二年（1832）举人，试春闱不第，卒年三十八。著有《忆云词》甲乙丙丁稿。自谓“幼有愁癖，故其情艳而苦”、“郁而深”。其词写情真切，造语俊秀。谭献《箧中词》评之为可与纳兰性德、蒋春霖“三百年中，分鼎三足”，虽推誉太过，但确认其情真则诚是。

### 水龙吟

秋　声

西风已是难听，如何又著芭蕉雨？泠泠暗起，澌澌渐紧，萧萧忽住。① 候馆疏砧，高城断鼓，和成凄楚。② 想亭皋木落，洞庭波远，浑不见，愁来处。③　　此际频惊倦旅，夜初长、归程梦阻。砌蛩自叹，边鸿自唳，剪灯谁语？④ 莫更伤心，可怜秋到，无声更苦。满寒江剩有，黄芦万顷，卷离魂去。

**【注释】**

①泠泠：象声词，状风声。澌澌：亦象声词，状雨声。萧萧：总状风雨声，亦象声词。　②候馆：望楼。砧：砧，捣衣石。　③亭皋：水边平地。南朝柳恽诗：“亭皋木叶落，陇首白云飞。”洞庭：湖名。《九歌・湘夫人》：“嫋嫋兮秋风，洞庭波兮

木叶下。” ④砌蛩：台阶砖石缝间的蟋蟀。

【品评】

项鸿祚在词稿《自序》中说：“不为无益之事，何以遣有涯之生。”语甚萧飒，但他以词作为打发生命的“无益之事”，其生命的一部分也就转化为词的文字形式而超越时空地承传下来。所以，项氏的词有着充分的感情投入，这也就是《忆云词》的价值所在。

此词写了九种秋声：风声、雨声、碪声、鼓声、落叶声、波涛声、蛩鸣声、雁唳声，最后还有一种黄芦瑟瑟声。从意象言，属常见，自欧阳修《秋声赋》传世，后人咏此题之作亦多见。

项莲生此篇的出奇峭于平易处，在于采用层波叠浪式的意象强化法，推浓起氛围，从而构成一个心理活动的特定之“场”。“已是难听”，“如何又著”，“想”，“浑不见”，“频惊”，“谁语”等等，心态波动圈随意象一层层往外涨鼓。秋声写得愈凄紧满耳，心头愈感寂历。然后在“秋声”频惊的高峰处，一转笔说：“莫更伤心，可怜秋到，无声更苦”，更觉竦然惊魂。“无声胜有声”被置于如此境界中翻化出来，明澈平易而加倍其意，情感的冲击力特强激。“无声更苦”为全篇词眼，虚灵的独白语，真切、痴绝，于是所有技巧的痕迹全化泯。结句一个“卷”字紧贴“万顷”，孤独之魂在数量感的托浮中尤觉无自主之力，那黄芦苦竹染得“离魂”的凄苦色调也更浓重。

读毕全篇，深感这岂止是写羁旅之苦？哀发无端，愁来莫名，这是人间最大的痛苦，大痛苦而无可名状，除了造一境界抒露三分外，更有何法？此即“无益之事”之底蕴。

# 吴　藻（1799—1850 后）

字苹香，号玉岑子，浙江仁和（今杭州）人。先世徽籍，父业商，嫁同邑黄姓商人，终身抑郁无欢。道光十七年(1837)三十九岁移居嘉兴南湖，筑“香南雪北庐”，与古城野水为伴，皈依禅宗以终。著有《花帘词》、《香南雪北词》两种。南湖之居昔为厉鹗、吴锡麒卜宅处，魏谦升《序》谓：吴锡麒亡后，“或虑坛坫无人，词学中绝，不谓继起者乃在闺阁之间”。所论洵非虚誉，唯吴藻词绝非“浙派”所能限，其词豪宕悲慨，几欲与须眉争雄。

## 金缕曲

闷欲呼天说。问苍苍、生人在世，忍偏磨灭？[①] 从古难消豪士气，也只书空咄咄。[②] 正自检、断肠诗阅。[③] 看到伤心翻失笑，笑公然、愁是吾家物！都并入、笔端结。

英雄儿女原无别。叹千秋、收场一例，泪皆成血。待把柔情轻放下，不唱柳边风月；且整顿、铜琶铁拨。[④] 读罢《离骚》还酌酒，向大江东去歌残阕。声早遏，碧云裂。[⑤]

**【注释】**

①苍苍：上苍、苍天。“磨灭”句：怎忍此狠心，偏加折磨，灭绝人之才性？　②咄咄：咄咄怪事。书空：不言而以手在空中作字。此四字短语历来用以表示极度愤懑。　③断肠诗：此处

泛言伤心之诗词，指自己作品，与朱淑真《断肠诗词》无涉。　④柳边风月：指柳永一路词风。柳永有名句“杨柳岸、晓风残月”。铜琶铁拨：指苏轼一路词风，俞文豹《吹剑续录》载有“学士词须关西大汉抱铜琵琶，执铁绰板，唱‘大江东去’”语。拨：拨子，弹琵琶用的薄片。　⑤遏：扼止、阻止。

【品评】

吴藻是个尚未被人们充分认识的出色的女词人。在中国妇女文化史上，这是位较早觉醒的女性。女性的觉醒，大抵始自于婚姻问题，但仅止步于此，觉醒尚难有深度。吴藻的女性自觉，可贵的是对人生、对社会、对男女地位之别以及命运遭际的某些通同等问题，都有其初步的朦胧的思考，从而成为这种思索和悟解、觉醒长链中值得珍视的一环。这阕《金缕曲》是《花帘词》中的作品，《花帘词》编刊于道光九年(1829)春，也即系吴藻三十岁前所作，而此词编次甚前，乃吴藻二十三岁前后的心音。上片有两个要点，一是“问天”，二是女性自省。问天，是对不公的世道的抗议。世道之不公，扼杀才性，对男女其实都一样。然而“豪士气”难消时，最激烈的形态却是“咄咄书空”，那么为什么女性一定要将“愁”视成“吾家物”，没完没了地形诸笔端呢？这是吴藻对女性弱点的自省。把女性从“愁”中解脱出来，自省也即自强，挣脱的乃是一个软弱的情结。看似平易的词语中跳荡的是颗强毅的心，吴藻是深刻的。下片紧承这自省而来，强化女性自振意识。“英雄儿女”既然“无别”，而且“千秋收场”全皆是泪成血，那么女红妆们就不必放不下“柔情”，应和须眉男儿一起去唱“大江东去”！人们都熟悉秋瑾女士《满江红》词中“身不得，男儿列；心却比，男儿烈”之句，而吴藻则在大半个世纪之前已有此觉醒能不可贵？吴藻显然强烈意识到“柔情”、眼泪改变不了“皆成血”的收场，感动不了“苍苍”的！吴藻的能有此振聋发聩之唱，与她介入了男性历来独主的文化社会有密切关系。而其之所以得能介入社会文化生活，又是因为有袁枚到陈文述这个鼓励女性文学文化的“性灵”系列的存在，吴藻正是陈文述（灵伯）之女弟子。文学史家们不该轻忽这一事实。

## 浣溪沙

一卷《离骚》一卷经，十年心事十年灯。[①]芭蕉叶上几秋声。[②] 欲哭不成还强笑，讳愁无奈学忘情。[③]误人犹是说聪明。

**【注释】**

①经：佛经。灯：青灯。 ②秋声：雨滴芭蕉为秋声之一种，秋声易生悲凉情。 ③讳：回避语、忌讳语。忘情：即无情，忘却一切悲欢。

**【品评】**

自省、自强并不就能自立。女性面对的纲常压力远较男性为重为酷烈，而愈是有自省、自强意识的女子则所受的精神制约力愈益严重，愈是敏感人也就愈沉痛。吴藻在当时无疑被视为不守妇道之人，她不仅与男性词人赵庆熺（秋舲）、魏谦升（滋伯）等频多唱酬，而且还画有《饮酒读骚图》，将自己改着男儿装，更作杂剧《乔影》。可以肯定地说，在她轰动大江南北之同时，必也遭致无数非议和诽谤。这首《浣溪沙》写在前述《金缕曲》之前约五年，词亦收于《花帘》一集。如果说，前一首是吴藻从宏观上对人生、对女性生活的思考和把握，那么这阕小令则从微观角度抒露着其心声。词情似略萧飒，然而愤激语意显然无隐蔽，愤激也是种抗争。值得玩味的是她的愤情实际上却又以调侃、自嘲语气出之，于是愤火转为冷焰，对压抑势力无异于投去了冷峻犀利的一瞥。然而，这又毕竟是痛苦的，试想，“强笑”代哭，“忘情”消愁，绝顶聪颖人得装糊涂，是怎样的情味？吴藻毕竟生活在嘉、道年间，她不可能超越历史而强其心志。末句是沉痛的：你太聪明了！你太灵慧了！管教的人这么说，朋友中也许也有这样说！甚而自己长夜青灯沉思时也会自疑自惑地这么说。但是，吴藻心态中的基石仍是倔强的，“十年心事十年灯”，冷漠对待心所厌恨之人事，坚持“十年”就是无声争斗和抗压。所以，这说到底又并不萧飒，何况更有那一卷《离骚》在！“十年心”之心是怎样的一颗激烈心！需从《骚》中去体察、辨识。“一卷《离骚》”必须与“十年心”共读，下片三句应与上片三句回环观照，始能发现小令诚不“小”。

## 顾　春（1799—1877）

字子春，号太清。本姓西林觉罗氏，系鄂尔泰曾孙女，故又称西林春、太清春。镶蓝旗人，贝勒奕绘（1799—1838）侧室。著有《东海渔歌》。其词被视为可与纳兰性德并驱的满族第一流家数。风格清丽隽秀，情致真挚，无雕琢纤弱之弊。

### 早春怨

春　夜[①]

杨柳风斜，黄昏人静，睡稳栖鸦。短烛烧残，长更坐尽，小篆添些。[②]　　红楼不闭窗纱，被一缕、春痕暗遮。[③]淡淡轻烟，溶溶院落，月在梨花。[④]

【注释】

①此词牌即"柳梢青"。　②小篆：即"小篆香"，盘屈如篆文，故名。　③春痕：春的气息，春意影痕。符合"春夜"题意。　④溶溶：月光如水貌。

【品评】

顾春词擅长造境，烹词炼句自然精工。此词轻勾澹画，把春夜静坐的氛围渲染透尽。下片换头处"不闭窗纱"，实写而出空灵，惟其有此"不闭"，窗外月下梨花轻烟如笼的景象全摄入视线，殆同园林中花窗借景一般。上下片之间的反差构成，是心境表现的需要。上片静寂，下片梨花月色却甚相映热闹，然而热闹恰愈衬现“人静”。细加审视，主观情思极为隐蔽，“短烛烧残，长更坐尽”二句很难遽断定为愁思。倒是“栖鸦”的“睡稳”正暗示“人”的难以入梦；“小篆”的盘转，岂非如愁肠回结？这种含蓄法，全由读者去辨味，词人却未作更多的消息透漏。如果只从“溶溶院落”句出自晏殊《寓意》“梨花院落溶溶月”，加以类比，会忽略具体作品的精细入微的构思匠心。

## 金缕曲

题《花帘词》寄吴苹香女士用本集韵。[①]

何幸闻名早。爱春蚕、缠绵作茧，丝丝萦绕。织就七襄天孙锦，彩线金针都扫。[②]隔千里、系人怀抱。欲见无由缘份浅，况卿乎与我年将老。莫辜负，好才调。

落花流水难猜料。[③]正无妨、冰弦写怨，云笺起草。[④]有美人兮倚修竹，何日轻舟来到？[⑤]叹空谷、知音偏少。只有莺花堪适兴，对湖光山色舒长啸。愿寄我，近来稿。

**【注释】**

①《花帘词》云云，见前吴藻小传。“用本集韵”：指用《花帘词》中同调词韵，“用”即“次”韵。顾春所用的是吴藻《乳燕飞·愁》一词之韵，《金缕曲》即《乳燕飞》，皆为《贺新郎》别名。　②七襄：自卯时到酉时为昼日，共七个时辰，织女每辰更移一次，因称“七襄”。天孙：星名，即织女星。唐彦谦《七夕》“而予愿乞天孙巧，五色纫针补衮衣”。“彩线”句：扫除痕迹，针

迹；此为赞称吴藻词作。 ③落花流水：落花有意，流水无情。 ④冰弦：指琴。云笺：花笺之一种。诗笺。 ⑤"有美人兮"句：表示孤寂，远盼意。

【品评】

顾春与吴藻同龄，又同为一代才妇，更属心灵沟通的神交知音。比较起来，顾春更不自由，她是不能出都城一步，此乃八旗宗人的家法，于女子尤严。这首词载录了满汉二族两位女词人惺惺相惜的友谊，实是词史一段佳话。"落花流水"句是极大胆的词语。从"年将老"之辞看，顾春此词似写在奕绘去世，即她四十岁后。下片所表现的乃一种天涯共遭际的情意。吴藻《花帘词》乃青年时作品，太清春特拈出其写"愁"一阕次韵相题，目的是邀吴藻"何日轻舟来到"。湖光山色的杭州足能"舒长啸"，向往之矣，但曾是天潢家属的她岂能有缘一访？何况关于她与龚自珍之间的种种传闻，已是若明若暗，纷纷扬扬！"欲见无由缘份浅"七字很沉痛，也特耐寻味。神交女友之间何至用如此分量甚重之语，而且是置接在"爱春蚕"诸句之后。"春蚕到死丝方尽"，李商隐此诗句的内涵是世人皆知的。吴藻的《乳燕飞·愁》词咏"愁"，尚泛言诸种愁心，未醒目地突出春蚕作茧，而顾春则在全篇强化"落花流水难猜料"之意，岂是偶然信笔所写？顾春的词与吴藻的作品，共同展现了女性世界的某种觉醒信息，空前大胆地披露内心的情感涌动，都应该在韵文史上大书一笔的。

# 黄燮清（1805—1864）

原名宪清，字韵甫，一作韵珊，号吟香诗舫主人。浙江海盐人。道光十五年(1835)举人，以实录馆誊录用湖北知县，不赴。咸丰末年，间关至楚，未几卒于松滋县任。著有《倚晴楼诗余》，并辑成《国朝词综续编》。词以新活流美见长。

## 苏幕遮[①]

客衣单，人影悄，[②]越是天涯，越是秋来早。风风雨雨增懊恼，越是黄昏，越是虫声闹。　　别情浓，旧梦渺，[③]越是无家，越是乡书少。一幅疏帘寒料峭，越是销魂，越是灯残了。[④]

**【注释】**

①此词牌原系唐教坊曲名。《唐书·宋务光传》："比见都邑坊市，相率为浑脱队，骏马戎服，名苏幕遮。"宋词乃以因旧名度新声。双调，六十二字，仄韵。又名"云雾敛"、"鬓云松令"。　②悄：忧愁貌，愁心悄悄。　③渺：渺茫，悠远貌。　④料峭：轻寒、微寒。销魂：愁苦伤神。

**【品评】**

密与疏、曲与平、浓与淡、巧与拙，凡此之类都关涉雅与俗的审美命题。其实正如雅俗对应互补，并在特定条件下必将转化一样，以上各各相对的审美倾向同样不是绝对边缘清晰，对立统一，相反相成是常见事。诗中有白战体，白战亦能含蓄，史多明证。词何以必推密为独尊呢？在读多了密涩之作时，会觉得清新疏活的文字格外亲切。这阕《苏幕遮》全以平易语道人心中常有而不易轻快道出的情思。用轻捷语势写离愁别情，并非浅薄。此词专注于心态感知的抒露，全不刻画切琢，只用“越是”的反复表现，将苦情置之于似乎毫无道理的埋怨中层层加深。“秋来早”、“虫声闹”、“乡书少”、“灯残了”，原是必然事，并非有意与人作难。可是，这个“人”自己陷于无法排解境地，却觉得天公、万物，无不与他过不去，偏偏要惹“我”苦上加苦。人在天涯，心已够寒了，你为何“秋来早”？黄昏恹恹，心烦透了，你这秋虫做什么如此喧闹？秋寒长夜，本就黯然伤心，这灯却偏偏灭了，黑暗中独坐更情心难堪，连影子之相伴也消失了！最显得没道理的埋怨是“越是无家，越是乡书少”，既“无家”，谁给你寄家乡来的书信。然而，在这无理之怨中正透发一种深沉压抑的孤寂感，似浅实深，似淡实浓，平易语在曲写积沉心底的苦涩。黄燮清是著名戏曲家，他捷敏构思和轻快语势似得力于曲，但体格、情韵均是词而不是词曲相淆，似俗实雅。事实是他与另一些词曲家如吴藻、赵庆熺等的曲子创作，都是骚雅之品。

# 陈　澧（1810—1882）

字兰甫，号东塾，广东番禺人。道光十二年(1832)举人。官河源县学训导，后主讲学海堂等书院。著有《忆江南馆词》。晚清学人词中，其以雅洁清醇见称，情致则甚绵邈。

## 甘　州

惠州朝云墓，每岁清明，倾城女士，酹酒罗拜。坡公诗云："丹成逐我三山去，不作巫阳云雨仙。"余谓朝云倘随坡公仙去，转不如死葬丰湖耳。[1]

渐斜阳、淡淡下平堤，塔影浸微澜。[2]问秋坟何处？荒亭叶瘦，废碣苔斑。[3]一片零钟碎梵，飘出旧禅关。[4]杳杳松林外，添做萧寒。　　须信竹根长卧，胜丹成远去，海上三山。[5]只一抔香冢，占断小林峦。[6]似家乡、水仙祠庙，有西湖为镜照华鬟。[7]休肠断，玉妃烟雨，谪堕人间。[8]

【注释】

①此词牌即"八声甘州"。朝云墓：在广东惠州丰湖孤山，丰湖在惠州城西，亦名西湖。朝云：苏轼《朝云墓志》："朝云，字子霞，姓王氏，钱塘人。"朝云十二岁事苏轼，伴随二十三年。

苏轼贬官惠州，侍妾皆散去，独朝云相依。三山：蓬莱、方丈、瀛洲三神山合称。巫阳云雨仙：宋玉《高唐赋》说，“昔者先王尝游高唐……梦见一妇人曰：妾巫山之女也……旦为朝云，暮为行雨，……故为立庙，名曰‘朝云’”。 ②平堤：东坡谪居惠州时曾助筑堤岸，当地亦名之苏堤。塔影：指泗州塔，当时名大圣塔。 ③朝云坟经伊秉绶任太守时重修，为嘉庆年间，今又碣石苔侵，呈破败状，故云“废碣苔斑”。 ④零钟碎梵：从寺庙中传出断续的禅唱和钟鼓声。萧条状貌的补笔。禅关：宋时此间有栖霞寺，久湮。此指附近寺院。 ⑤竹根长卧：用苏轼《悼朝云诗》“归卧竹根无远近，夜灯勤礼塔中仙”句。 ⑥一抔：一捧土，土丘。指朝云墓。峦：山冈。 ⑦“似家乡”句：杭州有水仙祠庙，在苏堤第四桥畔。 ⑧“休肠断”二句：仍用东坡诗句，《花落复次前韵》有“玉妃谪堕烟雨村，先生作诗与招魂”句。

**【品评】**

惠州人氏的敬重王朝云，并非只是“爱屋及乌”，因为敬慕苏东坡而“每岁清明”、“酹酒罗拜”。从潜在心理讲应更为的是这位侍妾身份的女子，乃是东坡贬谪岭南惟一的红粉知己。在她人皆离散之时，独朝云坚随，岂不可敬？陈澧这阕词其实正表述了惠州士女们的共识。词人自己是个苏轼崇仰者，朝云对东坡一片痴情，他当然也敬重她。抒述的重心在下片，表现的角度很妙又很平常。平常的是说惠州如同杭州，一样的有西湖，有塔影，有禅寺。妙的是词人和东坡唱“反调”，东坡说“丹成逐我三山去”，他说“须信竹根长卧，胜丹成远去，海上三山”。尤妙的是词中多处隐括苏轼自己的诗句，以苏“反”苏。这一来，平常也就显得不平淡。深层之处正表现他的“挽留”实亦东坡九泉之下所心愿者，需知苏轼最终客死常州，既未去“三山”，亦没能返家乡，还不如朝云的“似家乡、水仙祠庙，有西湖为镜照华鬟”的结局。更有一层可辨味者，留得朝云，也可引来东坡，神魂相伴，惠州士女们岂不快慰？陈澧写此词是深怀感情的，序中的“转不如”三字的断语劲急，劲急也即情深。上片渲染坟地荒寒，同样在感喟中表现遗憾，遗憾的是未能尽心护理。《忆江南馆词》追求的审美情趣近乎“浙派”，虽则词人非浙人。赓续南宋姜夔、张炎词风者最易雅洁而空枵。无深潜情思何以空灵？陈澧却无此弊。

## 蒋春霖（1818—1868）

字鹿潭，江苏江阴人。幼即多才慧，有“乳虎”之目。连不得志于闱试，咸丰二年（1852）权知富安场盐课大使，七年（1857）以母逝去官，挈家居东台，后猝死于吴江垂虹桥舟中。著有《水云楼词》二卷补遗一卷。其词清警沉挚，清虚不失含蓄，凄紧中见浑圆，王煜《清十一家词钞》以为“尽扫葛藤，汇纳百宗，蔚为变征”。

### 卜算子[①]

燕子不曾来，小院阴阴雨。一角阑干聚落花，此是春归处。　　弹泪别东风，把酒浇飞絮：化了浮萍也是愁，莫向天涯去！[②]

**【注释】**

①此调始见宋苏轼《东坡乐府》。双调，四十四字，仄韵。又名“百尺楼”、“眉峰碧”、“缺月挂疏桐”、“黄鹤洞中仙”、“楚天遥”。　②化了浮萍：柳絮落水化为浮萍，传说如此。《本草》：“浮萍季春始生，或云杨花所生。”唐宋人诗词中每用此说。

**【品评】**

愁苦之写，后来居上。这除了艺术的成熟及其积累诸因素外，重要的是感受的深化，而感受的深化又正表征着才士淹蹇的现象的加剧。所以,沿流溯讨“士”的发自心底的哀吟,足以能清晰地看到封建社会日益衰朽而心灵压抑愈烈的轨迹的。此词所表现的衰世漂泊的凄苦,具有浓重的世纪末情调。警策之句是“化了浮萍也是愁”,这是一种跼天蹐地,无可解脱痛苦的极致语。心头的凄苦能得化解则尚存生机,还有转机。无以化解,即使转化了仍是愁境甚或更见愁苦,那还能有何生趣?既然结局是一般无异,那么何必继续飘泊天涯?这末两句有回环之势寓于平易语中:飞絮是愁,浮萍是愁,飘荡或溷落,形态虽异,终端一致。飘泊多苦,前途无望,际遇难免,迟“化”不如早“化”,早“化”或还略胜迟“化”,可省却跋涉、遭人摆布之苦。陈廷焯《白雨斋词话》卷五说得准确:“鹿潭穷愁潦倒,抑郁以终,悲愤慷慨,一发于词,如《卜算子》云云,何其凄怨如此!”

## 虞美人

水晶帘卷澄浓雾,夜静凉生树。病来身似瘦梧桐,觉道一枝一叶怕秋风。① 银潢何日销兵气?剑指寒星碎。②遥凭南斗望京华,忘却满身清露在天涯。③

**【注释】**

①觉道:觉得。 ②银潢:银河。销:消除。兵气:战争,杀气。“剑指”句:意谓粉碎敌方,实指太平军。此句紧承上句“何日”。 ③南斗:斗宿。因与北斗星相对南北,故称南斗星。

**【品评】**

太平天国战争时期,最具有悲剧性的阶层是知识之“士”。

作为“皮上之毛”，他们的先天属性命定了对太平天国的仇视和悸惧；但对自身依附的清廷统治又多怀失望以至绝望心情。封建统治秩序的衰颓腐朽，以及对“士”们的压抑，有识者和遭际者感受无不痛若切肤，可是“忠爱”观念的惯性又继续控制着他们的心灵。于是，处在时代歧路的夹击中的知识之士，迷茫、失落、彷徨、陷沉之感犹似大石压在心头，寒彻心骨，痛彻肺腑。这无疑很消极，然而又何尝不是他们悲哀的命运表现？是无力卸下的严峻的历史命运。《虞美人》的凄寒心态之写，就是上述命运羁缚中的一个士子的哀鸣。夜雾浓重，心境凝结。雾消了呢？夜凉袭心。身似瘦梧，枝枝叶叶“怕秋风”，已写尽这般文士的心境，形象亦毕显。下片是一种期待、一种祈愿。“忘却”与上片的“觉道一枝一叶怕秋风”之间成一反差顿挫。“一枝一叶怕秋风”的瘦躯体立于庭中，满身寒露而“忘却”，无疑构成痴绝之态。“忘却”句当然只能解释成对清王朝的忠爱之情。但期待“销兵气”，除了“望京华”外，还能有甚指望？同时又必须审视“何日”二字，此中疑虑、忧患、焦渴、失望，种种情思复合难理。唯其“理还乱”，所以“忘却满身清露在天涯！”难道没有怨怼，没有谴责，没有怅惘？词人与他的同道们，是软弱的一代，也是灾难深重的一代。词中透出的如茧自缚、缠绵自苦心绪，层次极分明，又极深沉。

## 台城路

金丽生自金陵围城出，为述沙洲避雨光景，感成此解。时画角咽秋，灯焰惨绿，如有鬼声在纸上也。[①]

惊飞燕子魂无定，荒洲坠如残叶。[2]树影疑人，鸮声幻鬼，攲侧春冰途滑。[3]颓云万叠，又雨击寒沙，乱鸣金铁。似引宵程，隔溪磷火乍明灭。[4]　　江间奔浪怒涌，断笳时隐隐，相和呜咽。[5]野渡舟危，空村草湿，一饭芦中凄绝。孤城雾结，剩罥网离鸿，怨啼昏月。[6]险梦愁题，杜鹃枝上血。

**【注释】**

①此词牌即“齐天乐”。始见于宋周邦彦《片玉词》。双调，一百零二字，仄韵。又名“五福降中天”，“如此江山”。金丽生：名澍，字丽生。　②“惊飞”两句：形容金丽生逃出城围，避雨沙洲，如惊魂之燕，如飘坠残叶。　③鸮：即猫头鹰。读若“消”。攲侧：倾侧不平。攲，读若“欺”。　④宵程：夜路。　⑤笳：古代管乐器，三孔，两头弯曲。　⑥罥网：绳网，捕禽兽工具。罥，读若“倦”。

**【品评】**

此词全写感受，而且是听金丽生所叙述之经历后的感受。对蒋春霖来讲，这本是间接的感性体验，然而他却完全如身临其“险梦”似的，写出了具有直接感染性的氛围场景。从视觉、听觉、触觉、肤觉等各种感觉上予以深细刻画，紧悸感、险恶感、饥饿感，将整体氛围浓郁烘托以出。结尾处则用比兴法把感慨和议论熨帖地揭示出来，一切尽在不言中。从词的笔序看，又带有叙事性。但叙事而不以事实作为填词材料，运用的是提空切写心灵战栗情状，这正是充分发挥词这体裁的妙擅的功能，空灵审美情趣也由此握得。由此词可证见：空灵并非只与清逸闲雅联结，凄怆惨苦之境也可能空而灵。

## 琵琶仙

五湖之志久矣！羁累江北，苦不得去。岁乙丑，偕婉君泛舟黄桥，望见烟水，益念乡土，谱白石自度曲一章，以空侯按之。婉君曾经丧乱，歌声甚哀。[①]

天际归舟，悔轻与、故国梅花为约。归雁啼入空侯，沙洲共飘泊。[②]寒未减，东风又急，问谁管、沈腰愁削？[③]一舸青琴，乘涛载雪，聊共斟酌。[④]　　更休怨、伤别伤春，怕垂老心期渐非昨。[⑤]弹指十年幽恨，损萧娘眉萼。[⑥]今夜冷、篷窗倦倚，为月明、强起梳掠。[⑦]怎奈银甲秋声，暗回清角！[⑧]

【注释】

①此词调系南宋姜夔自度曲，双调，一百字，仄韵。五湖：太湖又名五湖，江阴属太湖流域。故“五湖之志”即回乡里之志，归志。乙丑：同治四年(1865)。婉君：蒋春霖妾黄婉君。黄桥：江苏泰兴县东北一镇名，傍运河，运河经靖江入长江即可抵江阴，故“望见烟水，益念乡土”。空侯：即箜篌，乐器。似瑟而小，七弦。　②“归雁”二句：既是写实况，又借琴曲《平沙落雁》名喻心境。　③沈腰：瘦损之腰。典出《梁书・沈约传》，沈约写信给友人徐勉说：“百日数旬，革带常应移孔，以手握臂，率计月小半分。”一般均以“沈腰”指代相思愁苦状。　④一舸：一船。舸：小船。青琴：指称婉君。《汉书・司马相如传》：“青琴宓妃之徒，绝殊离俗。”颜师古注谓：“青琴，古神女也。”　⑤心期：心情。　⑥萧娘眉萼：指喻婉君容颜。萧娘：美女。眉萼：

眉花，眉色。 ⑦篷窗：船窗。梳掠：梳发髻、掠鬓角，打扮。 ⑧银甲：套在指甲上的银制甲壳，弹奏乐器用。清角："角"为五音之一。清角之音调悲凄。

【品评】

同治四年，太平天国失败后一年，因战乱而羁困江北的蒋春霖仍未能回归乡里。泛舟黄桥，运河远处烟水苍茫，其实那里已距长江彼岸江阴不远，可望而难及，不由怅惘无已。乡情苦与战乱苦折腾十年有余，心灵创痛与年华之增成正比。幸有婉君患难相伴，但眼看佳丽亦青春老去，憔悴瘦损，颇多疢情。时人对黄婉君曾有微辞，然战乱同依，俟蒋鹿潭死她又"殉"节，应该说是个共生死、作牺牲的女子，不该非议的。从词情看，婉君心苦正同于鹿潭，词人是感知到此。蒋氏长调每善作一二细部刻画，此词下片"为月明"以下三句，婉君善解人意，富于情韵的形象，只白描勾勒一笔已跃动篷窗间。论者或以姜白石"小红低唱我吹箫"拟之，毋乃心境迥异，能不牵强附会乎？

# 周　闲（1820—1875）

字存伯，一字小园，号范湖居士，秀水（今浙江嘉兴）人。早期游幕浙东，身临鸦片战事。后游食湖北，以军功得六品衔，同治三年（1864）官新阳（今属江苏昆山）知县，忤大吏，挂冠隐吴门。著有《范湖草堂词》八卷，今仅存三卷。其词气韵生动，感慨真切。

## 忆少年

夜抵上虞驿①

今宵尘骑，今宵风露，今宵山驿。笼鞭趁塘路，照朦胧月色。②　　百里郊原霜气逼，送行人、鬼磷吹碧。孤城四门闭，有寒鸱钩磔。③

**【注释】**

①此词调始见晁补之《琴趣外篇》。双调，四十六字，仄韵。又名“十二时”、“桃花曲”、“陇首山”。上虞：浙江绍兴地区县名。　②笼鞭：握马鞭之手笼缩进袖。　③鸱：读若“痴”。鸱鸮：猫头鹰同类鸟。钩磔：“钩辀格磔”的简化，象声词，本喻鹧鸪鸣声，可泛指听来刺耳或哀苦之啼鸣。

**【品评】**

道光二十年（1840）农历六月和次年八月，浙江定海两次血战后沦陷，是悲壮的一幕，也是痛苦的史事。总兵葛云飞、王锡朋、郑国鸿，知县姚怀祥等殉国，都足与后一年壮烈牺牲的陈化成同时彪炳史籍。可惜的是在词的领域内，表现这段战史之作太罕见，周闲的词显得就很珍贵，是能与诗中的贝青乔《半行庵诗存》和《咄咄吟》称双璧的。周氏写浙东战事的词，相当全面地表现了具体时空的氛围和特定的悲怆心态，情、理、事、境一一可见。这阕《忆少年》展现的寒夜赶程，人烟罕绝，只觉一派凄紧景象。起首三排列句，就声色毕见，下片寥寥几笔，战后夜间阴森荒寒情境渲染足浓。周闲精擅画理，是个丹青名家，所以，其词明显具有一种绘画美。无论设色或构图，均予人以形象真切的，不止是平面勾勒的美感。这首小令，鼎尝一脔，可体味及此。

## 张景祁（1827—1894后）

初名左钱，字孝威，又字蘩甫，号韵梅，别署新蘅主人。钱塘（今浙江杭州）人。同治十三年（1874）进士，改庶吉士，外放福建，为连江知县，晚年渡海至台湾，宦游淡水、基隆等地，历经战火。著有《新蘅词》。其词疏隽劲峭，得姜夔意趣。“笳吹频惊，苍凉词史”，他的中法战争台闽之役的纪事抒情之作，无愧此评。

### 望海潮

基隆为全台锁钥。春初，海警猝至，上游拨重兵堵守，突有法兰兵轮一艘，入口游弋，传是越南奔北之师，意存窥伺。越三日始扬帆去，我军亦不之诘也。①

插天翠壁，排山雪浪，雄关险扼东溟。②沙屿布棋，飚轮测线，龙骧万斛难经。③笳鼓正连营。听回潮夜半，添助军声。尚有楼船，鲎帆影里矗危旌。④　　追思燕颔勋名，问谁投健笔，更请长缨？⑤警鹤唳空，狂鱼舞月，边愁暗入春城。玉帐坐谈兵。⑥有獞花压酒，引剑风生。⑦甚日炎洲洗甲，沧海浊波倾？⑧

**【注释】**

①此词牌始见宋柳永《乐章集》。双调，一百零七字，平韵。

基隆：台湾北端港口。游弋：指舰只游动巡视。不之诘：不责问。序中所记系光绪十年(1884)三月中之事。 ②东溟：东海。 ③沙屿：指岛屿，有暗沙的礁岛。布棋：星罗棋布。飚轮：轮船。龙骧：指喻大船。苏轼《大风留金山两日》"龙骧万斛不敢过"。 ④楼船：此处指敌舰。鲎：介类，腹部甲壳上翘似帆，人称鲎帆。鲎，读若"后"。矗：耸，挺立。危旌：高扬的舰旗。 ⑤燕颔勋名：指历史名将如班超，《后汉书·班超传》中有看相者对班超所说的话："生燕颔虎颈，飞而食肉，此万里侯相也。"投笔、请缨：投笔从戎，建功立业。 ⑥"玉帐"句：指将帅们沉湎歌舞酒色，空谈纸上兵。玉帐：谓军营。 ⑦撞：僮。獞花，指女僮，舞姬。此词指少数民族有侮意。 ⑧甚日：何日。炎洲：南方闽粤一带。洗甲：结束战争。

**【品评】**

光绪十年(1884)发生的中法战争，是中国近代史上丧权辱国的耻役之一。先时法国迫沦越南为保护国；进而挑衅向中国。光绪十年六月进攻谅山，八月进扰台湾，袭击福州马尾。十月法军一度攻占基隆，妄图深入台北，遭清军和台湾民众顽强抗御，在淡水一战中重创入侵者，法国侵占台湾的意图被粉碎。战役初始阶段，清廷水陆两师本尚称锐勇，无奈主帅无意于战，福州前线即因何如璋畏葸动摇而惨败，酿成令人扼腕悲慨局面，终以《中法新约》告终。张景祁是该战事的身历目击者，忧愤深至，所作诗词无异艺术史录。此词写于基隆失守前。上片以赋的手法着意描绘基隆地势的险峻和重兵镇守的"雄关"气象，文字洗练雄劲。结片处以冷峻的笔法与前面严整的铺叙适成对比，掉以轻心以至麻痹状态充分显示。下片则以暴露为主，同时披露一己的情怀。张景祁词是从"浙派"入手的，此阕却不以空灵称。时势变异，刺激词心，不能不一变为沉慨悲吭，无舒缓之声。但在句式的锤炼上，气韵雅洁的讲究等方面，仍可感觉到他的审美倾向。至于像“警鹤唤空，狂鱼舞月”、“撞花压酒，引剑风生”这类四字对句的工整精警，似最能审辨出“浙派”的艺术情趣来。

## 酹江月

法夷既据基隆，擅设海禁。初冬余自新竹旧港内渡，遇敌艘巡逻者驶及之，几为所困。暴风陡作，去帆如马，始免于难。中夜抵福清之观音澳。宿茅舍，感赋。①

楼船望断，叹浮天万里，尽成鲸窟。②别有仙槎凌浩渺，遥指神山弭节。③琼岛生尘，珠崖割土，此恨何时雪？④龙愁鼍愤，夜潮犹助呜咽。⑤　回忆鸣镝飞空，飚轮逐浪，脱险真奇绝。⑥十幅布帆无恙在，把酒狂呼明月。海鸟忘机，溪云共宿，时事今休说！⑦惊沙如雨，任他窗纸敲裂。⑧

【注释】

①“法夷既据基隆”云云：光绪十年（1884）八月法军陷基隆，即封锁海面。连横《台湾通史·外交志》载：“布告封港，北自苏澳，南至鹅鸾鼻，凡三百三十九海里，禁出入，分驻兵船巡缉。”新竹：在台湾西海岸，旧港在新竹靠北。内渡：渡向大陆。福清：福建福州市东南沿海一县名。观音澳：在福清县海边。澳：海边内曲泊船处。　②楼船：指大战舰，此处言望中远处尽是敌船。浮天：海天相接，天似与水相浮。“鲸窟”句：意为都成了如鲸如鲨吞噬华夏疆域的魔窟。　③仙槎：指船，小船。“仙

槎”一词出《博物志》,是渡天河之舟,本有犯险之航的意思。神山:指内陆福州。福州别称“三山”。遂与“海上三神山”义相复合而用于此。弭节:行止,此处作“投止”,“行向”解。 ④琼岛:指台湾。生尘:蒙尘,被敌侵占扰乱。珠崖:本指海南岛,此处借指台湾。割土:泛言丧失国土,不实指割让土地。 ⑤龙鼍:均水中巨灵。苏轼《过江夜行武昌山上闻黄州鼓角》:“谁言万方声一概,鼍愤龙愁为余变。”此处意为人天俱愤。 ⑥鸣镝:响箭。 ⑦海鸟:海鸥之属。旧时诗词中每有“鸥鸟忘机”意象语,以示无意时事,自求心闲。有厌倦世事意。 ⑧“惊沙”句:象征形势险危。

**【品评】**

在九死一生逃脱法军魔掌后,张景祈惊魂稍定,痛定思痛,于庆幸之余,不由悲慨至深而转为发出超然物外之意,大悲哀的心声用“情高转抑”的形态表现。“有为而有不为”观念,本是封建时代文人所熟谙而易持的,世事难为,备历奇险或坎坷后,更易产生这念头。“海鸟忘机”二句,既是脱险后在茅舍借宿时相对的水鸟野云实况,更是心态具体之写,与上文“鸣镝飞空”二句相对应,弛张观照,跌宕已极。从境界的逆差中透出凄怆情,足见放达语并非真正的心闲语。既经万险,还有何事能惊悸我心?故结句有“任他”之语。此词以清疏的气韵,驭悲慨情思。读时犹如一泓湍急之流倾泻而出,无生涩矫造感。至若小序与词文互为补益而又不重叠复出,避免以词注序,或以序释词的弊病,也很见作者心细思密处。还可深味的是,境界的大起大落展现,心绪的时宽时紧抒述,转折多变又不断裂,是其功力深湛所致。“别有仙槎凌浩渺”,是险境中第一次轻快语意,轻快所以表述紧张;“十幅布帆无恙在”是又一次轻快语意,那是从更严重的险境中脱身,“真奇绝”之如梦如幻感逼真极。

## 庄　棫（1830—1878）

字中白，号蒿庵，江苏丹徒人。家世业盐，居扬州，少时即以输饷得部主事衔。后家道中落，游于京城为幕宾。旋校书淮南、江宁等地，曾国藩礼为上客。与谭献、杨传第等均为道义交。精于《易》、《春秋》等学。著有《中白词》，以“妙不著言诠”胜。长于寄托，情韵凄婉，系常州词派后期名家。

### 相见欢[①]

深林几处啼鹃，梦如烟。直到梦难寻处倍缠绵。
蝶自舞，莺自语，总凄然。明月空庭如水似华年。[②]

**【注释】**

①原唐教坊曲名。又名“上西楼”、“月上瓜洲”、“古乌夜啼”、“西楼子”、“秋夜月”、“乌夜啼”、“忆真妃”等。　②华年：即年华，倒以协韵。

**【品评】**

“伤春”的情思底蕴大抵不外二端：往事成梦，年华空逝。即在时空推移过程中，由于特定情事而触起浓重失落感或心态失重感。感受愈深沉，体验愈深切，痛楚亦愈深重，抒露于文字则必愈深透和深细。庄氏乃写情高手，此词堪称典范。上片鹃啼林深系春光逝去之典型意象，首句六字已透出时空转换中的失意感受。如果说,“春”是美好事物特定象征,那么伤“春”正是某种追求的失落痛苦。失落感的发生,原导自往事如梦未圆,而“梦”则乃所企盼的境界之意象。事成空梦,情已不堪。迨“梦”如烟云消散,连空梦自圆聊以自慰的可能也竟失却,其苦哀岂不更见深郁?还不止如此,紧接着在此苦情上更压下一层:“梦难寻处”即梦已无从觅,空梦无觅却仍缠绵难解,其心之不能自持,尚在咀嚼内心深处的记忆的苦痛将是怎样的情味?事实是梦寐以求之事即使成空梦,痴心人也绝不会此生忘怀。所以,“直到”云云,恰是表现出时间流程。时光流逝愈久,缠绵之心愈深沉,两者在量感上适成正比,此即“倍”字出痴情的精彩处。词人于此将本难具体化之苦情,通过时光距离感转现为一种可能具体感知的量感和质感。化虚为实,以实写虚,此之谓也。悟解上片,下片易明。叹年华如逝水如空庭之月光(幻空感),意即在强化“缠绵”之“倍”。更令人伤感的是蝶自飞舞莺自歌,于是那种惨淡沉重的自苦心绪,在世无知“我”的无情境地中愈见寂寥。《白雨斋词话》说庄棫之词“寄兴深远,耐人十日思者”,信然。“伤春”话题陈旧之极,屡见不鲜,然而,翻旧转新,依然能佳篇迭出,奥秘焉在?愈是个性的才愈是共性的,共性形态原非是模式定势!

## 王鹏运（1848—1904）

字幼遐，一作幼霞，号半塘，晚号鹜翁，半塘僧鹜。祖籍浙江山阴(今绍兴)。同治九年(1870)举人，累官至礼科给事中。著有《袖墨》、《虫秋》、《味梨》、《鹜翁》、《庚子秋词》等，后删定为《半塘定稿》。其词渊源自“常州词派”，时世风会激荡其心，故风格转多健劲激切，为“清季四大词人”之首。

### 八声甘州

送伯愚都护之任乌里雅苏台。①

是男儿、万里惯长征，临歧漫凄然。②只榆关东去，沙虫猿鹤，莽莽烽烟。③试问今谁健者？慷慨著先鞭。④且袖平戎策，乘传行边。⑤　　老去惊心鼙鼓，叹无多哀乐，换了华颠。⑥仅雄虺琐琐，呵壁问苍天。⑦认参差、神京乔木，愿锋车、归及中兴年。⑧休回首，算中宵月，犹照居延。⑨

**【注释】**

①此词牌始见柳永《乐章集》。前后段八韵，故名“八声”。双调，九十七字，平韵。又名“甘州”、“萧萧雨”、“燕瑶池”。伯愚都护：志锐，字公颖，号伯愚。满洲正红旗人。光绪六年(1880)进士，累擢至礼部侍郎。后以妹瑾、珍两妃降贵人，降授

乌里雅苏台参赞大臣，时在光绪二十年(1894)冬。志锐是以副都统衔出都的，故称其“都护”。乌里雅苏台：在今蒙古人民共和国扎布汗省省会扎布哈朗特。　②临歧：分路依依握别。高適《别韦参军》：“临歧涕泪沾衣襟”。　③榆关：山海关。沙虫猿鹤：句出《抱朴子》“周穆王南征，一军尽化，君子为猿为鹤，小人为虫为沙”。烽烟：指不到二月前之中日甲午之战，清军大败，大连、旅顺尽失。　④健者：有雄才者。着先鞭：先他人奋起担重任，御外侮。典出《世说新语》，刘琨枕戈待旦，志在杀敌，“常恐祖生(逖)先吾着鞭耳”。　⑤平戎策：平定外敌入侵的大计策略。乘传：古代以四匹“下足”即下等马拉的车称“乘传”。　⑥鞞鼓：鞞，一作鞞，读若“皮”，骑鼓。白居易诗“渔阳鞞鼓动地来”。华颠：花白之发满头。　⑦雄虺：毒蛇，据说九首，见《楚辞・天问》等。虺，读若“悔”。琐琐：猥琐卑贱貌。呵壁问苍天：据王逸《楚辞章句》说，屈原《天问》是在楚国先王庙祠中“仰见图画，因书其壁，呵而问之”。　⑧参差：零落不齐。此处指远眺中景象。神京乔木：以景喻人，指忧心国事之良臣。《孟子・梁惠王下》：“孟子见齐宣王曰：‘所谓故国者，非谓有乔木之谓也，有世臣之谓也’。”锋车：快捷之车。　⑨居延：古边塞名，汉武帝时使路博得筑塞于居延泽上，以防匈奴入塞，故又称“遮虏障”。遗址在甘肃额济纳旗西北。此处借指志锐所在的要塞。

**【品评】**

光绪二十年(1894)的甲午之战，是主战派阵营的一次惨苦的失败重劫。战后，主战大臣纷纷遭打击。王鹏运在《满江红・送安晓峰侍御谪戍军台》词中写道：“宠辱自关天下计，荣枯休论人间世。”人事的沉浮，正是朝政时局的晴雨表。志锐的外放，其实是一次远贬，是降谪，所以“临歧”之际，王鹏运悲慨难已。同时如文廷式、盛昱等亦有同调之作，不啻是一次群体式的长歌当哭。人到无可排解积郁时，只能“呵壁问苍天”。问天，作为一种象征，从屈原以次，每多见于作品之际，也必是国势艰危、颓波难振的时候。王鹏运和他的词友们这一时期的词中就是“问苍天”不断，哀乐莫名，诚如《蕙风词话续编》所说：“关系当时朝局，非寻常投赠之作可同日语。”此词“沙虫猿鹤”诸句是国殇之吊，“呵壁问苍天”是时世之哀，“归及中兴年”是聊以自慰慰人，宽心语而已，结句的苍茫则将上承的一“认”、一“愿”均以刷淡。所以，题目之“送”云云，仅是借言，究其实质，是共鸣之唱，非投赠之篇。

## 浪淘沙

### 自题《庚子秋词》后①

华发对山青，客梦零星。②岁寒濡呴慰劳生。③断尽愁肠谁会得？哀雁声声。④　　心事共疏檠，歌断谁听？⑤墨痕和泪渍清冰。⑥留得悲秋残影在，分付旗亭。⑦

**【注释】**

①庚子：光绪二十六年（1900）。这一年八国联军入侵北京，慈禧挟光绪帝西逃。次年订《辛丑条约》。庚子秋时，王鹏运与朱祖谋、刘福姚等集于宣武门外教场头条胡同寓宅，相约填词，成《庚子秋词》二卷。　②华发：花白头发。客梦零星：梦不成之意，不寐。　③濡呴：相濡以沫，喻互相宽慰支撑于困境。呴：吐出。濡：湿润。语出《庄子·天运》篇：“泉涸，鱼相与处于陆，相呴以湿，相濡以沫。”劳生：劳苦的人生。　④哀雁：比喻难民。　⑤疏檠：镂空雕花灯架，指代灯。　⑥渍：浸

透。 ⑦旗亭：酒楼。

【品评】

此词上下片重复出现两个“断”字、两个“谁”字。小令中并非叠韵句式而重字叠出，一般很忌讳。然而，情心所需，非如此不足以尽情，则每能险笔动人魂魄。“歌断谁听”，是因为肠断之声不忍听、不堪听！递进一问，哀苦愈深。王鹏运所抒露的不只是个人的感受，而是一群的心声，甚至是他那一个阶层面的失所彷徨。词所表现的，无异于被时代抛出，跌入寒彻心骨，惊悸与悲慨莫名的深渊的心态。这种心态已是欲哭无泪。人到哭不出、哭难尽泄其痛时，那真到了“不幸”二字不足以言其心地步。所以，他们的相濡以沫，不止是种友情，而是“精神难民”的相互取暖。纸上“哀雁声声”，既来之窗外，也发之心底。歌声即泣吟声，此声与身心一起“渍清冰”，当几颗凄寒的心紧偎着时，“岁寒”之意益浓，慰不了“劳生”时，惟一可以聊以借得三分短暂暖意，忘却“心事”、忘却“客梦”、忘却一切的是去买醉！半塘老人在“清季四大词人”中是先于清亡而卒的，言为心声，他似已唱尽了“心事”；“歌断谁听”？他又事实没有能成为逊清遗老继续哀吟下去。词人不幸中仍称万幸，这一阕断唱足以玉成其为清词真正的殿军！“客梦零星”四字特有意味，因为历史证实自他起始，此“梦”诚是“零星”，梦不成了。

## 文廷式（1856—1904）

字道希，号芸阁，一作云阁，又号罗霄山人，纯常子。江西萍乡人。光绪三年（1877）客志锐幕府，十六年（1890）成进士，官至侍读学士。戊戌新政败前被慈禧革职，后逃亡日本。归国不几年即卒。著有《云起轩词钞》。其词风骨劲挺，雄苍之气得苏辛意，亦不乏清丽婉委之作。

### 蝶恋花

九十韶光如梦里，寸寸关河，寸寸销魂地。①落日野田黄蝶起，古槐丛荻摇深翠。②　　惆怅玉箫催别意，蕙些兰骚，未是伤心事。③重叠泪痕缄锦字，人生只有情难死。④

**【注释】**

①九十韶光：春天。一季凡九十天。销魂：愁苦哀伤。　②深翠：暗绿色，深浓呈暗色。　③蕙些兰骚：些，读若"梭"，楚地古人语气词。《楚辞·招魂》有"光风转蕙，氾崇兰些"句。此处蕙兰均比喻忠贞志洁之事。未是伤心事：意为不算伤心事。即有志之士遭排斥打击应是人世间的题中之义，不应为此丧志。　④锦字：用东晋时女诗人苏蕙事。苏蕙字若兰，其夫苻坚为前秦秦州刺史，获罪流戍塞外，蕙织锦成《回文璇玑图诗》以寄。武则天《璇玑图序》谓此诗："五色相宣，纵横

八寸，题诗二百余首，计八百余言，纵横反复，皆成章句。”为情诗中一奇制，后成为表现爱情的意象。

【品评】

据文廷式《南旋日记》载，此词作于光绪十二年(1886)四月末，时作者尚未成进士，因事离京。上片渲染出京“离情”，只觉得无处无地不令人触绪感伤，一种现实的衰颓、时代的动荡、朝政的颟顸之痛切感受，把思路引向整体“关河”、家国的忧患上去。“落日”两句，凄迷苍茫，“黄蝶”意象极类陈维崧《尉迟杯》的“剩黄蝶濛濛，和梦飞舞”之境界。下片转入一己情志自坚之写。将屈骚之忠爱糅入“锦字”情爱的躯壳，那种百转千折，九叠回环，绵绵无已的情衷，表露得极淋漓，却又极哀婉清艳。文氏此词应加注意的是，思维活动的腾越力极强，他正是运用这一力度振鼓起劲气于柔婉意象中。所以，下片尽管用了回文织锦的典实，“人生只有情难死”之情，仍一目了然是家国情。这就与一般的香草美人的写法有所区别，特别有上片所展现的苍茫寥廓的背景底色的衬托，他那心事浩茫的神情是清晰显示的。此词的“重叠泪痕缄锦字”一句的笔法，让人想到俗语的“若要甜，加点盐”。一种辨证的艺术审美效果，从加柔使刚的表现手段中得到又一次验证。

## 翠缕吟

岁暮江湖，百忧如捣，感时抚己，写之以声。①

石马沈烟，银凫蔽海，击残哀筑谁和？②旗亭沽酒处，看大艑、风樯轲峨。③元龙高卧，便冷眼丹霄，难忘青琐。[4]真无那，冷灰寒柝，笑谈江左。[5]　　一笴，能下聊城，算不如呵手，试拈梅朵。[6]苕鸠栖未稳，更休说、山居清课。[7]沈吟今我，只拂剑星寒，欹瓶花妥。[8]清辉堕，望穷烟浦，数星渔火。[9]

**【注释】**

①此词调系南宋姜夔自度曲，见《白石道人歌曲》。双调，一百零一字，仄韵。文廷式此阕作于光绪二十三年(1897)，时在上海，据手稿，叶恭绰谓原注"丁酉作，此感德人占胶澳事"。"德人占胶澳"指德国侵占胶州湾，旋即签约租界之事。胶州湾，在山东半岛。　②"石马"句：汉唐时有刻石马取所破敌人坐骑状，以示威显壮武。此处喻盛世已去。"银凫"句：陵墓中殉葬神器有金银所制雁凫等物。此句与"石马"呼应，前从陵墓外，此从内葬物，共强化表示国社衰颓，被瓜分。筑：乐器。"击筑"意象起自高渐离击筑、荆轲和而歌。示悲慨情意。　③大艑：大船。轲峨：高貌，指桅杆(樯)。　④元龙：三国时陈登字元龙。诗词中每用以比喻有志略而未为世用者，或指于乱世而自高洁志人。事见《三国志·魏志·张邈传》。丹霄：此指高高在上的朝廷。实暗喻慈禧。青琐：宫门名。《汉官仪》："给事黄门之职，日暮入对青琐门。""难忘青琐"句谓自己虽身在湖海之野，仍不忘朝政命运，与上句相对则有指喻光绪帝意。　⑤"真无那"三句：谓忧心如焚，却只能空谈而已。无那：无奈。冷灰寒柝：深夜，岁暮寒夜。灰：炉灰。柝：巡夜报更用的木梆。江左：江东。　⑥笴：箭杆。聊城：山东县名。"下聊城"既指山东事，又用战国时齐将田单收复聊城之典。田单起初攻城不下，鲁仲连将一封写给占聊城燕国将领的信，用箭射入城中，燕将自杀，城遂破。此处"一笴"云云，谓自己本具斡旋之才力。呵手：呵气暖手。梅朵：梅花。　⑦苕：芦苇梢部花穗，杆细，易

折。鸠栖于茗则险危甚。清课：释家每天的经课，后用以喻山野隐居者的吟咏之事。 ⑧星寒：剑光如寒星。欹瓶：与花瓶相侧倚为伴。 ⑨清辉：月亮。烟浦：此指目中的黄浦江，黄浦江古称黄歇浦。

**【品评】**

进不能被容于朝政，退又并非真甘心消沉于草野，特别是正当国势危堕之际，这是志士仁人大痛苦。《翠缕吟》多见婉委声情，这一阕则犹如被逼束而起的怒涛急湍从狭陡峡谷射出，成凄厉之音。横恣之势形出于淡散，确如“拂剑星寒”与“欹瓶花妥”置在一起，构成不协和美。不协和美，是一种残损审美特征，别有一番惊心效应。一些语势折转处尤需辨味，如“便……难忘”；“算不如”；“更休说”等，激荡之情均在此等句式间摇曳不定。叶恭绰《广箧中词》说此词“气象颖异，强村所谓‘兀傲固难双’也”。

## 郑文焯（1856—1918）

字俊臣，一字叔问，号小坡，又号大鹤山人、冷红词客。奉天铁岭（今属辽宁）人，隶汉军正黄旗籍。光绪元年（1875）举人，官内阁中书，戊戌（1898）年后旅食苏州。著有《樵风乐府》。为“清季四大词人”之一，其词句妍体洁，音律谐和，时有俊逸味。

### 月下笛

戊戌八月十三日宿王御史宅，夜雨，闻邻笛，感音而作，和石帚。①

月满层城，秋声变了，乱山飞雨。② 哀鸿怨语，自书空，背人去。③ 危阑不为伤高倚，但肠断衰杨几缕。④ 怪玉梯雾冷，瑶台霜悄，错认仙路。⑤　　延伫，销魂处。⑥ 早漏泄山盟，隔帘鹦鹉。⑦ 残花过影，镜中情事如许。西风一夜惊庭绿，问天上人间见否？漏谯断，又梦闻孤管，暗向谁度？⑧

**【注释】**

①此词牌始见宋周邦彦《片玉词》。双调，九十九字，仄韵，又有一百字别体。戊戌八月十三日，即刘光第、谭嗣同、杨锐、林旭、杨深秀、康广仁“六君子”被难日。王御史：王鹏运。邻

笛：暗用向秀《思旧赋》的闻邻笛而思亡友嵇康、吕安之被害事。石帚：指姜夔。姜夔号白石道人，与姜石帚非一人，清代久误淆为一，夏承焘《石帚非白石辨》已辨证。　②层城：指京城。《水经注》云："昆仑之山三级"，上一级名"层城"，又名"天庭，是谓太帝之居"。"秋声"句：喻指事变突起。　③哀鸿：失群之鸿雁。此喻哀悼遇难者之人，包括作者自己。书空：《世说新语·黜免》：殷浩被罢废，"终日恒书空作字，扬州吏民寻义逐之，窃视唯作'咄咄怪事'四字而已"。每用以表示悲愤之极，无以言语。　④危阑：高处栏杆。"肠断"句：意为伤心"六君子"，以几缕衰杨相喻。　⑤玉梯、瑶台：均喻指光绪帝被幽囚处。　⑥延伫：心绪不宁地徘徊。　⑦"漏泄"二句：指谭嗣同等谋陈兵围颐和园，误信袁世凯与之密约，为袁出卖，泄露机密于荣禄。　⑧漏谯：漏，古代计时器名"滴漏"或"漏壶"。谯：即鼓楼。断：报更声歇。孤管：孤笛。

【品评】

此为记事之篇，记时事，且是当天之时事，殆同日记。然而韵文之词并非散体之文，词乃抒情载体，所载乃心灵之颤动。所以，这阕词所写的仍是郑文焯及其一群在"戊戌"之日的"哀鸿怨语"，是纸上的"咄咄书空"。起句即将惊变时心态揭出，"秋声变了"这个"了"字负荷着对一场惊心动魄，事出意外的愕然、悖然的全部心绪，那展延的音调恰如接连几个着重惊叹符号，效果极佳。当日惊变，长夜不寐，雨声淅沥，笛声凄紧。词人在沉痛中返观事件，将生者、死者、君、臣、正、逆各个侧面的人事全理了一遍，层层铺开而又提挈纲领，手笔是非凡的。哀、惊、愁、愤，忧虑和谴责、怅叹和伤苦，诸种情思，在短短百字中盘转回旋，纠结难解。事皆由情中见，情无不由事中起，情事抒叙之间又隐见抨击、议论，凡此之属，全得力于一个"化"字法，词的技艺积数百年之锤炼，到晚清可说已到了能者无不随心所欲,“不逾矩”的地步,郑大鹤是为一显例。但文字形态,全赖情事的新、深、活,此为气韵生动的命脉,这同样也由大鹤山人等自己的作品的比较中可得实证。一样的“乱山飞雨”,一样的“梦闻孤管”,如无深切的、新警的、活生生的感受,那只是摇笔即来的陈词滥调,而现在他却表现得如此撼人心魄。

# 朱孝臧（1857—1931）

一名祖谋，字古微，一字藿生，号沤尹，又号彊村，浙江湖州人。光绪九年(1883)进士，累官至礼部右侍郎。光绪三十年(1904)在广东学政任上，与总督龃龉，引疾去，卜居苏沪间。清亡，以遗老专研词学。著有《彊村语业》。词初宗吴文英，幽秀深涩，后期颇取法东坡，多苍老沉着意味，为“清季四大词人”中影响最著者。

## 鹧鸪天

九日，丰宜门外过裴村别业。[①]

野水斜桥又一时，愁心空诉故鸥知。凄迷南郭垂鞭过，清苦西峰侧帽窥。[②] 新雪涕，旧弦诗，愔愔门馆蝶来稀。[③]红萸白菊浑无恙，只是风前有所思。[④]

**【注释】**

①丰宜门：北京南门，始建自金国。裴村：“戊戌六君子”之一刘光第之字。刘为四川富顺人，光绪九年(1683)进士，历官刑部主事，军机章京。被害时四十岁。 ②南郭：南门外。垂鞭：垂着马鞭。此处示伤哀意。西峰：北京西山。侧帽：歪斜着帽子。典出《北史·独孤信传》：“信在秦州，尝因猎，日暮，驰马入城，其帽微侧。诘旦而吏人有戴帽者，咸慕信而侧帽焉。”此处有敬仰、仰慕意。 ③雪涕：拭泪。弦诗：歌吟诗句。愔愔：

静寂。愔，读若“阴”。 ④“红萸白菊”句：景物如旧，人琴已亡。萸：乔木名。

【品评】

光绪二十四年(1898)农历八月十三日，刘光第与杨深秀、谭嗣同等被害，此词作于“戊戌六君子”死后的九月九日重阳节。遍插茱萸少一人，现今少的不止一人，而刘光第则原与朱古微最投契。末句用“红萸”句，在物在人亡之外，异姓手足、同道知己情之意亦出。当刘氏被置重刑之后，“门馆蝶来稀”似亦世情如此，然而词人却“过”而留句，这又从一个侧面展示故剑情重，道义不忘。朱彊村词的老辣处正在不露痕迹处，情性流出，意蕴深结。所以，此词不仅仅上片“凄迷”一联以景写情。即以“清苦西峰”句言，一个“窥”字极活，在悸怖氛围中，“清苦西峰”仍带着崇仰心情一“窥”裴村别业，自然景物的人格对象化手法用得极稳健而精警。从而与“垂鞭”的不忍快骑而过之悼情相补益深。由此回环读来，始觉起句的“又一时”、“空诉”均非泛泛语。新苦旧愁，往昔秉烛夜语，弦歌而吟，种种情事如在目前，全涌心头，一股酸辛悲慨泪怎拭抹得了？

## 乌夜啼

### 同瞻园登戒坛千佛阁①

春云深宿虚坛，磬初残，步绕松阴双引出朱阑。②
吹不断，黄一线，是桑乾。③又是夕阳无语下苍山。

【注释】

①此词牌即“相见欢”，与又名“圣无忧”、“锦堂春”之“乌夜啼”非一调。瞻园：张仲炘号，仲炘，字慕京，湖北江夏人。光绪三年(1877)进士，官至通政司参议，著有《瞻园词》。戒坛：寺名，在北京西郊门头沟马鞍山。 ②磬：僧院乐器。松阴：戒坛寺内多古松，著名者如卧龙松等。双引：携手而出。 ③桑乾：河名。源出山西马邑县桑乾山，流经河北西北部及京郊，下注永定河。此河又名浑河。

【品评】

景语乃是情语，此词除“无语”二字略现情绪色彩外，全是写眼中景观。视线随足迹从幽森处引向开朗，由密境导向疏境。可是心情却反之，情绪流向逆而行，愈到高远开阔处，愈忧郁，愈感苍茫下沉。小令见大手笔，此为一例。与通常明言、多言“登高”而愁，迥然不同，于不动声色处见殷忧，见悲凉。词的高老雄苍的意味，集中在下片三个三字句，平而奇、淡而雄、轻点见奇崛。桑乾滚滚，高处言之，只“一线”，且是“吹不断”之“一线”。朱古微用似是可以不必说的话语强化一种劲气。一线桑乾，本“吹不断”，何用说？但这一线浑浑之水，象征着太多太多，是世事，是人心，抑是一己郁塞的心绪？“黄一线”远流而去，与夕阳、苍山同构成一幅混茫、悲凉色调的画面。“无语”二字在灵动之势及深包的内涵，使画面涂上黯淡光色，意境即出。眼中所见，纯是心中所想，“吹不断”，“一线”与“无语”均系以情写景的文字，但这些文字构成的则是浑成的整体景观。

## 清平乐

### 夜发香港

舷灯渐灭，沙动荒荒月。[①]极目天低无去鹘，何处中原一发？[②]　　江湖息影初程，舵楼一笛风生。[③]不信狂涛东驶，蛟龙偶语分明。[④]

【注释】

①舷灯：轮船两舷的灯光。舷：船的边沿。沙：岸边沙滩。荒荒：幽暗弥漫状。　②"极目"二句：翻用苏轼《澄迈驿通潮阁》诗句"杳杳天低鹘没处，青山一发是中原"。鹘：鹰隼类鸟名。　③江湖息影：逃出宦海，身闲影息于在野环境。江湖，相对于仕途。初程：第一站路。笛：汽笛。风生：汽笛鸣船起程，海风吹起。　④"蛟龙"句：此应与上一句相承接以解，蛟龙"偶语"的内容即"不信"云云。偶语：私语，相互私语。《史记·秦始皇本纪》："有敢偶语诗书，弃市。"蛟龙：水中神物。指喻无惮权势横暴者，实即词人自我比拟。

【品评】

朱孝臧出任广东学政不久，即与总督岑春煊不和。这种龃龉，就深层基因言，乃是戊戌新政失败后的派系斗争的余波，从朱氏卸职后留驻期间与黄遵宪酬唱文字中多可窥见。所以，引疾辞职从心底里说也是对那个现实政权完全失望，及早全身而退的行径。就此而言，应该是心情轻快的，早早自在有何不好？但是，作为一个士大夫，决心中止仕进，岂能没有感慨和怅然有失感，何况又是在这样颓波难振的国情面前？正因如此，此词上片展现的心境是怅怆与忧患兼有，下片在“江湖息影初程”的轻快感中又现出愤怼情。结两句是指对以岑春煊之流反新政的顽冥势力的冷嘲：我就不信“狂涛”能意汩没众人心，汩没异己者；强权恶势力就能堵住所有的嘴，扼杀一切心灵？复杂的心绪却被层次分明又浑厚一气写出，笔力清健，雄劲有力。峭语骨立，能不逞剑拔弩张势，情心旋转，情思内敛紧裹，这些都是彊村词风的特点。

## 况周颐（1859—1926）

原名周仪，字夔笙，一作葵孙，号蕙风，又号玉梅词人。广西临桂(今桂林)人。光绪五年(1879)举人，官内阁中书。曾入张之洞、端方幕，晚年居上海。有词集九种，合刊为《第一生修梅花馆词》，后删定为《蕙风词》。其词流美真挚，锤炼不失自然，作于清末篇什多凄郁。《蕙风词话》论词标举"重、拙、大"三字之旨，最著名。

### 苏武慢

寒夜闻角①

愁入云遥，寒禁霜重，红烛泪深人倦。②情高转抑，思往难回，凄咽不成清变。③风际断时，迢递天涯，但闻更点。枉教人回首，少年丝竹，玉容歌管。　　凭作出，百绪凄凉，凄凉惟有，花冷月闲庭院。珠帘绣幕，可有人听？听也可曾肠断？除却塞鸿，遮莫城乌，替人惊惯。④料南枝明日，应减红香一半。⑤

**【注释】**

①此词牌即"选冠子"，始见宋周邦彦《片玉词》。双调，一百十一字，仄韵。又名"仄韵过秦楼"、"惜余春慢"、"选官子"、"转调选冠子"。角：古代吹奏乐器，多用于军中。　②"红烛泪深"：夜深，烛泪残堆。　③清变：变，变声，古时七音之一称"变徵变宫"。

④塞鸿：边塞的鸿雁。遮莫：俗语，即"尽教"。 ⑤红香：指代秋花。

【品评】

据况周颐于光绪二十一年(1895)所作《水龙吟》的小序，可知这阕为王鹏运击赏的《苏武慢》写在六年前即光绪十五年(1889)已丑之秋，时作者三十一岁，故《蕙风词话》自称"少作"。此词以情深见誉，写情又以笔重思刻出之。起首三句切"寒夜"题面即入情，夜寒与心苦并见。"寒禁霜重"是加一倍法，夜静寒深难以经霜，而霜却偏偏特浓重，这当然是心理感受语；深夜不寐。所以闻角声，不寐是缘愁多，闻凄凉之声益挑起愁绪，"愁入云遥"即愁高，高随角声一起涨溢云霄。凡此无不系重笔浓墨，但又不觉得密涩不透。"情高"以下转入"闻"，实际上乃词人思绪激活后的沉思。"情高转抑，思往难回"八字极真挚，也极感受具体深沉，是一种人生体验。"转抑"，从形态看，情似不激烈外涨，然而"抑郁"之情内里更深更痛苦，乐声低抑，同此效应。至于"难回"则一往情深，无可收拾，愁苦若如此，将何以堪。用逆进法转折深入，凄咽声显得更具体。"风际"三句，又是一转，角声暂断，四周静寂，却有"更点"声传来，这就似"断"未断，较之"断"更刺激情绪。被角声鼓起的愁心，并未因角声之断而消灭，反被凄清的报时声搅得更乱，这种跌宕笔法，同样是加重手段。下片又增以"顶针"句式，二次"顶针"，孤寂怆楚的情心愈发严重，特别是两句追问，天涯寂寥之意无疑更深。与"我"寒夜同处的"除却塞鸿"，只有城乌，城乌"替人惊惯"，替得了什么，他(它)"可曾肠断"？倘如"珠帘绣幕"中有人同感，一起肠断，倒是有福了，词人在诘问语势后竟引出无法通情共识的鸿雁夜乌，思致刻深之至。结语以秋花比拟人的愁损，是夜闻的收束和伤神的具象化。"红香"，应是深秋发花，花多红色之木芙蓉，又名"拒霜花"。《花镜》谓："清姿雅质，独殿众芳，乃秋色之最佳者"。"红香"减半，则秋肃临天下，词人有否别的寄寓？不必妄揣。

## 王国维（1877—1927）

字伯隅，一字静安，又作静庵，号观堂，又号永观。浙江海宁人。清末以诸生任苏州、通州等地学校教习。辛亥(1911)革命后，东渡去日本后从事文史、甲骨音韵诸学研究，丙辰(1916)回国，充废帝溥仪"南书房行走"，后任清华大学研究院教授。自沉昆明湖卒。著有《人间词甲乙稿》。王国维为一代学术大师，不专以词名，然所作辞旨深婉，允称名家，《人间词话》之著则足见其于此道涵濡精湛。

### 蝶恋花

百尺朱楼临大道，楼外轻雷，不问昏和晓。[①]独倚阑干人窈窕，闲中数尽行人小。　　一霎车尘生树杪，陌上楼头，都向尘中老。薄晚西风吹雨到，明朝又是伤流潦。[②]

**【注释】**

①轻雷：指车马声。　②流潦：地面积水，此处兼有流水无情，冲刷一切，与上句好景不长，青春难驻相承接。

**【品评】**

《人间词》又名《苕华词》，苕花(华)最易折，观堂长短句几乎全是抒述"人间苦"、"人生苦短"之感受。据不完全统计，一卷《人间词》中，有二十余首“人间”句，无不表现“一生难得是春间”（《浣溪沙》）、“侧身望，天地窄”（《贺新郎》）的情思。“最是人间留不住”（《蝶恋花》），似是其自了生命的预言。这阕词中未出“人间”字样，但同样表现的是他对人世间的认知。上片从空间中写时间，人就在“闲中数尽行人小”的时间流逝中渐渐消失“窈窕”音容身影，也即老去，只是未明言。下片则从时间倏变中出空间，路上的和楼上的——“陌上楼头”，全都随着滚滚红尘一起衰老。更触目惊心的是“都向尘中老”的陌上楼头的窈窕淑女或者英俊年少，不仅仅形体有变而已，更将全难逃一番风吹雨打，与尘埃同被冲刷掉的命运！这当然不是“意境两忘，物我一体”的所谓“无我之境”的表现，实乃是西方尼采哲学思想等和本国的释道人生观，在王国维心中酵化的产物。他的感伤心绪有着浓郁的主体唯意志论色彩，绝非是“以物观物”的眼光。此词在写法上看似平易，其实相当绵密。上下片并非各写一层意蕴，而是对应观照，互为回环。下片终结，远不是“人间”的垂暮，在词人看来，其实又在启开又一轮的“闲中数尽行人小”。人世间就是如此地在痛苦得麻木的循环往复中运行。